TAKE
SHOBO

溺愛コンチェルト

御曹司は花嫁を束縛する

鳴海　澪

ILLUSTRATION
弓槻みあ

溺愛コンチェルト
――御曹司は花嫁を束縛する

CONTENTS

1　孤独な序曲　6
2　迷いの前奏曲　16
3　出会いの小即興曲　25
4　恋の始まりの即興曲　40
5　天才の変奏曲　52
6　恋の練習曲　63
7　愛の追走曲　76
8　強引な狂想曲　95
9　決意の奏鳴曲　108
10　甘い夢想曲　123
11　優しさの小夜曲　158
12　擦れ違う諧謔曲　176
13　狂乱の舞曲　195
14　別れの鎮魂曲　215
15　決別の瞑想曲　238
16　再生の小奏鳴曲　262
17　空から降る聖譚曲　281

あとがき　318

イラスト／弓槻みあ

溺愛コンチェルト
御曹司は花嫁を束縛する

1　孤独な序曲(オーバーチュア)

銅(あかがね)ホールディングス専務、銅綜馬(そうま)は仕事に一段落をつけ煙草を咥(くわ)えた。

自社ビル最上階に位置する執務室の窓は大きいが嵌(は)め殺しだ。そこにある風景に手が届かないばかりか、風を受けることさえできない。もっとも騒がしい繁華街に面した十二階の窓を開けたい人間がいるとは思えないが。

眼下に見える姿形の整った街路樹も、楽しげに行き交う人々もガラスを一枚隔てているだけなのに、別の世界のものに見える。

見せかけの自由か、と綜馬は呟(つぶや)いてインターフォンを押した。

「はい」

隣の秘書室で控えている皆月(みなづき)が、綜馬の姿が見えてでもいるような素早さで応じてくる。

「これからの予定は」

「七時から『銀露館(ぎんろかん)』で森(もり)さまの卒業パーティが入っています」

「卒業パーティ？　ああ、森の娘か」

誰もいないのをいいことに綜馬は眉をひそめた。

大手ホテル経営者の森輝一は銅ホールディングスの五指に入るパトロンで付き合いも長く、絶対にないがしろにはできない。だが娘が大学を卒業するぐらいで盛大なパーティを開くのは、〝親ばか〟で済ますには度を超えている。

ここのところずっと休みもなく、夜の付き合いが続いている綜馬は一応抵抗を試みた。

「行く必要があるか」

「あります」

まさか綜馬さんともあろう方が、わからないわけはないでしょう——間髪を容れずに返された冷静な言葉の裏には彼にだけ通じる非難の色が滲む。

わかっている——綜馬だってよくわかっているのだ。

女性の美で金を生み出している銅ホールディングスを支えているのは、「卒業パーティ」をやるような家庭に育った女性たちだ。贔屓客の親世代からその生活様式を受け継いだ娘たちが、やがて大切な顧客になる。贅沢に慣れた女性たちは、銅ホールディングスに惜しみなく金を落とし、長きに亘って会社を潤してくれると考えれば、選択肢は一つしかない。

「わかっている、聞いてみただけだ」

「そうだと思いました」

あくまで穏やかに答えた皆月が「お車の用意をしておきます」と付け加えるのを聞きながら、見えないのをこれ幸いに、仏頂面のままインターフォンを切った。

壁の時計で予定時間を確かめた綜馬は椅子に凭(もた)れ、新しい煙草を咥える。

『美容に携わっている者が煙草なんてスマートじゃないわね』

煙草を口にするたびに、そう言って眉をひそめる母の顔が浮かんでくるが、これだけはやめられない。

『これが私を私らしくしてくれる、唯一のアイデンティティですから』

綜馬の答えは茶化したものに聞こえたらしい。

『あなたらしい冗談ね。でも人前では吸わないでちょうだい。銅ホールディングスの重要な立場の人間が今どき人前で煙草を吸うなんて、インテリジェンスとエレガンスに欠けて見られるわ』

きっぱりと念を押した母はそれを決定事項とし、綜馬の了承など待たなかった。

あの人には冗談に聞こえたのか。息子が本気で言ったとは、欠片も思わないのか。

あの人には〝従順であるべき息子〟の、ささやかな反抗を聞き取る耳はないのだろう。

綜馬は、母に逆らったことのない自分の人生をとりとめなくなぞりながら煙草をふかす。

銅ホールディングスの創始者は綜馬の母である銅美保子(みほこ)で、日本の女性実業家十人を選べば必ず名前が挙がるという女傑(じょけつ)だ。単身ヨーロッパやアメリカに渡って美容を実地で学び、帰国後、美容界で地位を築いた。そのうえ目星をつけた男と、あっという間に結婚し、息子を二人生むとまた精力的に仕事に戻った。

世の中が理想とする母親とは全く違い、世間からそしられることもあっただろう。けれど彼女の信念は絶対に揺るがなかった。どんなことをしても仕事を成功させ、息子たちを独り立ちさせようとしてがむしゃらに働いた。

美保子に引きずられるように結婚した夫は、美意識の高さに反比例して生活力が低かった。だがそれも、彼女にはプラスに作用したらしい。母ならば、この結婚が失敗だったなどと、世間に言わせまいとする強靱な意志を生み出したに違いない。

美保子は美容室のチェーン店展開を皮切りに、美容専門学校を設立した。それが軌道に乗るとエステサロンの経営や化粧品の開発等にも乗り出し、銅ホールディングスの基盤を確実に固める一方、長男である綜馬を後継者として育て上げた。

銅美保子は今や押しも押されもしない銅帝国の女帝で、母と言うより上司だ。

銅ホールディングスの長男として、母の言うままに、こうして跡を継いでしまった自分が、ときどき無性に歯がゆく思えるときがある。

男ならもっと違う生き方があったのではないか。それが何かを掴みかねているうちに、綜馬は銅ホールディングスという巨大な渦に巻き込まれてしまった。

腹の中に燻（くすぶ）っている焦燥を燃やすように、綜馬はまた新しい煙草に火をつける。

三十三にもなって今更何を迷うことがあるのか。傍目（はため）から見れば綜馬は勝利への階段をひたすら上っている成功者の一人に違いない。こんな些細な迷いは贅沢な悩みだ。

肺の奥まで深く煙を吸い込んで、綜馬は屈託を紛らせてしまおうとした。

別に今の仕事に不満があるわけではなく、むしろ好きだと言っていい。よそ見をしていたら足を掬われかねないビジネスの世界は戦場のようなもので、常に気を張っていなければ背中から撃たれる。それは恐怖よりも、ゾクゾクする高揚感を綜馬にもたらす。生き抜くための戦略を練っているときは、寝食を忘れるぐらい興奮する。

この感覚は、綜馬が今までの人生で一番好きだった『あの』感覚に近い。

遠い昔、絵筆を握って白いキャンバスに向かっていた頃。真っ白な画布に自分だけの世界を描いていくときの昂ぶりと同じだ。

そういう意味では事業は芸術なのかもしれない。

母も同じように感じながら自分の道を作ってきたに違いない。嫌々でこの仕事がやれないことは、母が一番よくわかっているはずだ。

だからこそ母は自分を後継者に選んだ。何もできない息子と思われるより、遙かにましではないかと、綜馬は自分に言い聞かせる。

椅子の背に頭を乗せ、最後に煙草を深く吸い込んでから身を起こした。

物思いに耽る時間は終わりだ。母と同じように、綜馬にとって仕事は自分の感情よりも優先される。

煙草をもみ消し、控え室のクローゼットを開けてパーティ用のタイを選んだ。

パーティ会場へ向かう車の中で皆月から渡された箱を見て、綜馬はしかめ面をした。

「これは何だ？」

もちろんわかっていて聞くが、大学を卒業して入社以来五年間、秘書として綜馬の傍らにいる皆月は「おわかりのはずですが」などとは決して言わない。綜馬の子どもじみた屈託にも秘書として礼儀正しく付き合う。

「森さまのお嬢さまへの、卒業祝いのプレゼントです。」

「中身は何だ？」

「当社のＣｕ-Ｔｅ化粧品一式とダイヤペンダントです、若い女性に人気のブランドから選びましたから、よろしいかと思います」

Ｃｕ-Ｔｅは銅が若い女性向けに販売している化粧品で、比較的値段は抑えられているが、それでも一式を買えば、万単位で金が出て行く。それにダイヤのペンダントとはいいご身分だ。

綜馬は美しい小箱に、思い切りため息を吹きかけた。

「リボンが歪みます。丁寧に扱ってください」

「俺が渡すのか？」

「喜んでいただけるはずです」

運転をする皆月の肩が少し震えたように見えた。

「今笑ったな。何がおかしい」

「玲奈さまがお小さい頃から綜馬さんにぞっこんなのは、誰でも知っていますから」

「ぞっこんとは言い回しが古いな。君、本当は俺より年が上じゃないのか」

「いいえ、まだ二十七です。綜馬さんより遙かに下です」

「遙かって、六歳だろう」

「お言葉ですがこの年代で六歳は、一世代違います」

丁寧な口調で皆月は軽い毒を吐く。

「君が一世代なら、森の娘は二世代違うな。俺はもうオヤジだ」

「女性は早く大人になりますから、その限りではありません」

「そうなのか？　詳しいな。どこで習った？　隅に置けない奴だな」

「綜馬さんほどではありません」

気の進まない接待に向かうとき、綜馬が他愛ない言葉の応酬で気分を上向かせようとすることを、秘書の皆月はよく心得ている。

「それは濡れ衣だ。仕事で忙しくとても女性を深く知る暇などない」

「ご冗談を。銅ホールディングスで使っているイケメンモデルより、女性社員に人気の高い綜馬さんがそのようなことをおっしゃると、嫌みにしか聞こえません」

「俺の後ろにあるものを見てるだけだろう」

ふんと鼻を鳴らした綜馬に皆月はルームミラーの中で少しだけ笑う。

公の場では綜馬を〝専務〟と呼ぶが、二人きりになると名前で呼ぶのは綜馬が命令交じりに頼んだからだ。気の合うこの秘書とは、上下関係を少し踏み外したかった。

皆月がその頼みに何を思ったのかはわからないが、業務命令と捉えて淡々と受け入れた。不愉快になれなれしくなることも、媚びることもなく、適度な距離感で名前を呼んでくる。

「綜馬さんが肩書き抜きで素敵だというのは、女子社員の一致した意見です。褒めても給料査定がよくなるわけではないのに、言わずにはいられないというところでしょう。むしろ人事部長が、査定はお世辞ではなく仕事の成果で上げろと、機嫌が悪くなるだけですね」

「くだらん」

ふっと息を吐いてそっぽを向くと、自分の顔が車の窓ガラスに映り込む。

整髪料で撫でつけた髪形でいっそう際立つ、彫りの深い顔立ちは父譲りだ。

唯一違うのは眦（まなじり）の切れ上がった黒い目で、これは母によく似ている。だが真っ直ぐな高い鼻梁（びりょう）も、口角の上がった自信に満ちた口元も、その美貌で母を虜にした父と同じだ。

黙っていても人目を引く顔立ちに加えて、百八十センチを超える長身。しかも高校大学と、ラグビーなどやってしまったものだから見事に逆三角形の体型ができあがり、スーツを着ると更に目立つことこの上ない。一番やりたかったことがやれなかったから、しかたなく最初にスカウトしてきたラグビー部に入部しただけのことだったのに、美容を扱う仕事に相応しい容姿になったのは何の皮肉だろうか。

「目立つのも善し悪しだ。週刊誌が怖くて、うっかりコンビニでアイスも買えない。経済誌に銅ホールディングスの息子がアイスを買っていたなんて、ほのぼの記事で載るのも面倒くさいしな。俺だってたまには、当たりつきのソーダバーを気ままに食べたいのに」

「アイスが食べたければ私が買ってきます」

わざとらしく零した言葉に、皆月の肩がまた笑った。

「そういう問題じゃないが……。そうだな、では明日、アイスを買ってきてくれ。ダースで大人買いだ」

ぽつんと言った綜馬に皆月はそれ以上余計な切り返しはせず、綜馬が一人になりたいことを察して口を噤んでくれる。こんなふうに上司と秘書の関係を逸脱した会話は、もちろん二人きりの車の中などでしかしない。

人を身近に置くことを好まない綜馬だが、秘書は必要だ。スケジュール管理ができて出しゃばらずに、手綱を引いてくれる有能な人物。

わがままな条件をあげ連ねて人選をしていたとき、目に留まったのはこの皆月裕一(ゆういち)だった。活発で、自分の意見を主張する者が多い銅ホールディングスの新入社員の中で、一歩引いて皆をとりまとめている冷静沈着な態度が綜馬の目を引き、秘書として引き抜いた。

同性を秘書にしたほうが、つまらない噂が立たないのも利点の一つだという計算もあってのことだ。

綜馬の目に狂いはなかった。皆月はその年齢に似合わない落ち着きで秘書としての職務をすぐに飲み込み、以来片時も離れずに綜馬の側で仕事をこなしている。

しかも中背のこの秘書が、静かな容貌を裏切るシニカルなユーモアも持ち合わせていたのは、本当に拾いものだった。気を張り続けている綜馬が、一瞬でも気が抜けるのは彼といるときだけで、スパイスの利いた会話の切り返しも好んでいる。

そんな皆月に優しく守られた沈黙の中、綜馬を乗せた車はパーティ会場へと向かっていった。

2　迷いの前奏曲（プレリュード）

外観を臙脂（えんじ）色のレンガで設（しつら）えたダイニングレストラン『銀露館』は、内装も明治後期の洋館を模して作られ、女性の人気が非常に高い。高級繁華街という地の利もあり、予約も取りにくく貸し切りにするにはかなりの金がかかる。

　マスコミに煽られただけの人気なら一過性で終わったのだろう。だが、銀露館は誠実なオーナーの丁寧なもてなしで、一度使った客がリピーターになったり人に紹介したりするので、人気が衰えることはなかった。

　今日も銀露館は夜のパーティに備えて準備に忙しく、スタッフはあちらこちらへと動き回っている。

　グランドピアノの上に楽譜を揃えてから真名（まな）は呼吸を整え、チケットの入ったバッグをそっと押さえてオーナーの田部（たべ）に挨拶をした。

「すみません、お先に失礼します」

「ああ、遅くまで悪かったね」

　オーナーが、眼鏡の奥の柔和な視線を真名に注いで微笑み、目尻の皺を深くする。

いっそう優しくなる細面の顔に、真名は亡くなった父を重ねた。父の幼なじみで親友だった田部が、真名を見る目はいつも温かい。父が生きていたら、きっとこんなふうに自分を見てくれただろうと思わずにいられない。

「いいえ、今夜は無理を言って、本当にすみません」

「何を言ってるんだい。半年も前から頼まれている休みだからねぇ。今日駄目だなんて言ったら、もう二度とここに来ないだろう」

田部のからかいに、頬がぱっと熱くなった。

「へぇ。真名ちゃん、今夜とうとう本命くんとデートなんだ?」

「そういえば今日は珍しくスカートなんかはいて、お洒落してるよね」

忙しく立ち働きながらもスタッフがからかう。

「相当入れ込んでるし、どんな彼?」

スカートの裾を引っ張って赤くなる真名の代わりに田部が答えを返した。

「すごく有名な彼だよ」

「マジ?」

若いスタッフの驚きに、真名に代わって田部が面白そうに答える。

「そう、かなり年は上だけど」

「玉の輿ですか？　オーナー」

「国際的玉の輿だね、サペルニコフだから」

「え？　外国の人？　って俺知らないけど……俳優？　サッカーとか」

自信なげに口走る男性スタッフに田部が笑った。

「サッカーじゃなくてピアノだよ。伝説のピアニスト、サペルニコフの初来日コンサート。S席五万円のデートだよ」

聞いていたスタッフたちが目を丸くする中、真名はもう一度頭を下げた。

「じゃあ、本当にもう失礼します」

「ああ、気をつけて。代わりの人は今日だけだから明日は来てよ。うちは真名ちゃん以外の人には、あまり弾かせたくないんだ。店の雰囲気もあるしね」

「はい、明日はちゃんと来ます」

真名がバッグを握りしめながら頷くと、田部の隣にいたスタッフが口を挟む。

「そうそう、真名ちゃんが来ないと、事故にでも巻き込まれたんじゃないかとオーナーが心配して卒倒しかねないよ」

「うん。大事な娘をサペルニコフに奪われちゃったって、真っ青になる」

こらっと怒る振りをする田部と笑顔のスタッフに見送られ、真名は出口へ向かう。

「オーナー、電話です。村井有美(むらいゆみ)って人からです」

事務所の奥から聞こえて来たスタッフの声を聞いて、真名は足を止めた。

村井有美――この銀露館で今日一晩だけ、真名の代わりにピアノを弾くことになっている女性の名前だ。音楽大学の学生と聞いている。

振り返った真名は、開いたままの事務所の入り口から覗く田部の横顔を見つめる。

こんな時間に何だろう。まさか遅れるという電話だろうか。

真名は壁の時計を眺めて、心臓がとくんと強く打つのを意識する。

初めて触れるピアノだから、そろそろ来て準備をしなければならないはずだ。いくら弾き慣れた人でも、初めて触れるピアノの癖や会場の様子を確かめるのは当たり前のこと。

息を詰めて見守る真名は、電話を受ける田部の顔がみるみる険しくなっていく様子に、その場から動けない。

何か、とても悪い知らせに違いない。

「……田部さん、あの」

電話を切ったあとも、手を受話器に置いたまま考え込んでいる田部に、そろそろと近づいた真名は掠(かす)れた声をかけた。

はっと顔を上げた田部が、真名がまだいるのに気がつき、慌てたようにいびつな笑顔を作った。

「どうしたの、真名ちゃん。まだいたの。早く行かないと遅れるよ」

心ここにあらずといった口調に真名の不安が募る。

「あの……田部さん。もしかして、村井さんって人、来られないんですか？」

聞いたところで真名にはどうしようもないのに、あまりに深刻な田部の顔つきに聞かずにはいられない。

「うん……いや」

田部は真名の顔を見て、曖昧な返事をしたものの、耳の後ろを掻いて顔をしかめた。

「まあ、明日になればわかることだからね。隠しても仕方がない……彼女、指に怪我をしてしまって演奏ができないから、来られないそうだよ」

表情をなくした真名とは逆に田部は笑顔を取り戻す。

「まあ、なんとかするよ。真名ちゃんが来る前はいつも生演奏があったわけじゃないし、CDはたくさんあるんだ」

「でも、それなら彼女が代わりの人を用意するのが筋じゃないですか？　知り合いとか、音大の伝手を辿るとか、それぐらいはできるんじゃないでしょうか」

声を震わせた真名に、田部がますます困った顔をする。

「この時間だからねえ、急には手配できないみたいだよ。もうぎりぎりだしね」

「それなら本人がここへ来て弾かなくちゃ」

真名は無茶を承知で言う。どんな怪我かわからないが、土壇場でキャンセルするぐらいだからかなりひどいのだろう。けれど、この田部の困惑の表情を見せられたなら、指から血が流れていても自分だったら弾くと思う。

それぐらい田部の顔色は悪く、明らかに今夜起きるトラブルを懸念している。

だが怒りと心配で鋭くなる真名の視線に、田部はむりやりだとわかる笑顔を作った。

「ほら、もう気にしなくていいから早く行きなさい。遅れたら大変だよ」

田部は真名の肩をぽんぽんと両手で叩き「本当に気にしないで楽しんできなさい」と言って彼女の身体を押し出す。

背を押されて銀露館の外へ出たものの、やはり足が止まってしまう。

今夜、銀露館で行われるパーティがかなり高額な料金設定なのは、ピアノ演奏にしか関わっていない真名でさえ知っている。

もともとは常連客が結婚祝いを開くことになっていたのを、「どうしても銀露館で娘の卒業パーティをやりたい」と割り込んできた客だ。

義理や約束を大切にする田部は、「客の信頼を一度裏切ったら、取り戻すのに十年かかる」と言って、割り込みを拒否した。結婚もせずにずっと仕事一本だった彼にとって銀露館は手塩にかけた子どものようなものだ。ただ儲かればいいという考えではなく、田部の理想で磨かれた店だった。

筋の通らない仕事を受けて店の名前を穢(けが)したくないからと、田部は突っぱねた。だがその客は政治家にも顔がきくらしい。やんわりと圧力をかけられて、田部は折れた。

どんな立派なポリシーも銀露館が存続できなければ無意味。

泣く泣く常連客の予約をキャンセルしてもらい、田部は今夜のパーティを引き受けた。

予約のときからそんなふうに始まったものが、スムーズにいくわけもない。打ち合わせのたびに、それなら他でやればいいのに——という言葉をスタッフは飲み込むことになった。

銀露館が用意する食材では気に入らず、パリから空輸したワインだの、チョコレートだのが持ち込まれたときには、怒るより先に呆れてしまい、誰もが感想一つ言わなかった。

「他には何が飛んでくるの？」

ごっそりと届いた生花のアレンジメントを手に、強ばった笑みを浮かべた女性スタッフの呟きに田部も苦笑を抑えきれない。

「卒業パーティって、こんな派手にやるんですね。俺なんて居酒屋のチューハイジョッキで乾杯ってだけだったけど」

アレンジメントから香りの強い百合を間引いている若いスタッフが感心すると、別のスタッフが「特別でしょ。これは」と短く返す。

花を選ぶときに一言相談してくれれば、食べ物に匂い移りがしかねない、オリエンタルリリーは入れないようにとアドバイスできたのに——という苛立ちをベテランスタッフは無表情で押し殺していた。

客の悪口や不満を言うのを田部が厳しく禁じている上に、彼自身が愚痴を零さないので、スタッフも日頃からそれに倣っている。だからこそつい口をついた短い言葉には、我慢しきれないといったニュアンスがあり、他のスタッフも同調するように肩を竦めた。

彼らの我慢する様子をずっと見てきた真名は、どうしても扉の前から先に足が進まない。娘の卒業パーティでそこまで勝手をやるほどの客だ。予定と違うことが起きるのは、どう考えても絶対にまずいだろう、
田部のあの強ばった表情が全てを物語っていた。

第一、主役の娘がこの店を気に入った理由の一つは、真名のピアノの生演奏だったらしく、当日の奏者が真名ではないので大層ごねたと聞いている。

けれど、今夜のサペルニコフのコンサートをどれほど真名が楽しみにしているかを知っていた田部が、そこは譲らなかった。

「半年以上も前から真名ちゃんとは約束していたのに、こっちのお客さまは、たった二月前だよ。無理無理無理」――とにかくピアノの生演奏があればいいのだからと言って、普段なら客の要求にできる限り応えようとする田部が、真名の懸念を笑い飛ばしてくれた。

なのにこの期に及んで真名が弾かないどころか、生演奏なしではどんな騒ぎになるか想像もしたくない。

小さい頃に父を亡くした真名を、田部はそれこそ本当の親のように可愛がってくれた。

しかも今はこうやって大好きなピアノ演奏で割のいい給料をもらっている。

——真名ちゃんは僕にとっても娘みたいなものだから。

いつもそう言ってくれる田部の本当の子どもは、この銀露館だ。誰が見てもそう思うほど、彼はこの銀露館に精魂を傾け、この店を立派に育てた。

近頃やっと周囲を見回す余裕ができて、これからを共にするパートナーを見つけたらしい。それでもこの店を守るためなら、彼は何もかも捨てるかもしれない。

田部の大切なこの店は、家計を支えてくれた母の他界で音大への進学を諦めた真名にとっても、大好きなピアノを弾いて人に認めてもらえる唯一の場所だ。

真名は震える手で、チケットの入ったバッグを抱きしめる。

五万円のチケット。初来日のサペルニコフのコンサート。

ピアノ好きにとっては神さまにも匹敵する演奏家で、今回を逃したらおそらく二度と聞けないに違いない。お金よりそのことが辛い。

でも——だからと言って、大切な人の窮地を無視してまで行くようなものだろうか。

自分の居場所を失うかもしれないのに、のんびりピアノなんか聞いていていいのだろうか。そんな気持ちになれるのだろうか。

バッグを開けてチケットに触れると、ぴりっと指の先から電流が走り抜けるのを感じた。

3　出会いの小即興曲（インベンション）

　上品な室内の装飾にマッチした温かな明かりの中心で、綜馬がプレゼントを差し出すと、シャンパンゴールドのドレスを着た玲奈がぱっと頬を染める。豪華なドレスはこのパーティのためにパリで仕立てたらしい。

「まあ、ありがとうございます。綜馬さん」

「いいえ、お気に召すとよろしいのですが。美しいお嬢さまには何を贈っても、見劣りしそうで気後れしますよ」

　いつもは厳しい言葉を吐く口元に綜馬が極上の笑みを乗せると、玲奈だけではなく取り巻きの女友達の顔が、一斉にうっとりとする。

「いや、わざわざ来てもらって、すまなかったね。綜馬くん」

　横から森輝一が、上機嫌で口を挟んだ。太い腕にこれ見よがしに光る高級ブランドの時計が、鷹揚さを装う仕草とちぐはぐさを醸し出す。

「いいえ、こちらこそお招きいただきまして恐縮です。お美しくなられていて、驚きました。以前にお会いしたときは高校に入学されたばかりで、まだ可愛らしいお嬢さまという感じでしたのに、すっかり大人になられましたね」

また綜馬は如才のない笑みを見せた。

だが一人娘に贅沢のさせ放題の森に、内心は呆れている。

たかが二十歳そこそこの娘の〝卒業パーティ〟にいったいどれだけの金が使われているのか。

振る舞われた飲み物や食べ物だけでなく、壁を埋め尽くした生花にいたるまで、全てが高級品ばかり。学生を終えたばかりのお子様が飲むのにはもったいない高級ワインは、いったいどこから持ってきたのやら、考えるだけでうんざりする。

若いうちからいいものを味わうことは悪いことではないが、さすがにこれは食べ物に失礼だ。コルクを抜かれては飲み残されるワインに、綜馬は心の中で合掌するしかない。

金を払えば何でもありを地でいくさまに、うんざりする。

始まったときからピアノの生演奏が続いているが、あれも相当な金額になるのではないだろうか。

綜馬は他に考えることもないので、薄暗がりの中のピアノを弾くひっそりした雰囲気の若い娘を見るともなく見つめた。

この場に似合いの黒いドレスらしきものを着ているが、首回りが大き過ぎて鎖骨が覗くのは、たぶん借り着のせいだと目星がつく。ドレスに合わせてシニヨンに纏めた髪もあまり長くないようで、遅れ毛が頬にかかっている。

サイズの合わない服に、慌てて纏めたらしい髪形。

あの娘はおそらく急遽、駆り出されたに違いない。玲奈とそれほど変わらないような年齢で黙々とピアノを弾く娘に、綜馬は少し同情する。

まだ少女のような細い体つき、柔らかい前髪が落ちる白い額にふっくらとした頬、伏せ加減の目に思いのほか長い睫は高級なアンティーク人形を思わせ、少し開き加減の上唇に愛嬌が滲む。

だがその愛らしい容姿には不似合いなほど寂しげな雰囲気で、娘はピアノを弾いている。

お互いに仕事だからな、綜馬は独りごちて、休息するためにテラスへ足を向けた。

――人前で煙草を吸うのはインテリジェンスとエレガンスに欠ける。

正論だけれどね、と呟きながら綜馬が煙草に火をつけると同時に、流れてくるピアノ曲が綜馬でさえ聞いたことのある人気絶頂のアイドルの曲に変わった。

おそらく玲奈かその友達がリクエストしたのだろうが、気の毒なことだと思いつつ、綜馬は深く煙草を吸い込む。

（何とまあ、場をわきまえないお嬢さんたちだ）

あっけらかんとしたポップな音楽はいかにも場違いで、銀露館の雰囲気を一気に薄っぺらいものにする。華族という階級が存在した、華やかな時代の香りを残すこの館には、上品で軽やかなクラシックの旋律が似合う。

オーナーもさぞがっかりすることだろうと、綜馬は企業イメージに常に心を砕く経営者の一人として、会ったこともない銀露館のオーナーに同情した。

ピアノを弾いていた娘はずっとこの店の雰囲気にあった曲を弾き、かなりの難曲もこなしていた。あれがあの娘のチョイスなら、腕に劣らずセンスも相当いい。

客づらをした無粋でわがままな行為に、綜馬は苛立ちを感じる。それでも品のいいアレンジで流れてくる曲に、娘への感嘆の気持ちが苛立ちに取って代わった。

あの娘は逃げずに無茶な要求に応えているのに、自分は森の父娘から隠れて煙草に逃げている。大人の男なのに卑怯なものだと、綜馬は自分に呆れながら、ピアノの音を耳で追った。

いい加減なところで切り上げなければならないと考えながらも、戻るきっかけが摑めずに煙草を吹かしていると、近づいてくる人の気配に、綜馬は柱の陰に身を寄せた。

——人に見られるところでは煙草は吸わない。

これではまるで訓練された犬だ、と胸の中で呟きながら携帯灰皿に吸い殻を入れた。だが来たのは客ではなく、置き去りにされたグラスを片付けるためのスタッフだった。

「真名ちゃん、かわいそ過ぎる」

銀のトレーにグラスを載せた若い男性スタッフが連れに囁くと、食べ残されたフルーツを片付けていたほうも、お座なりではない仕草で深く頷く。

「なあ……五万円が一瞬でパーって、信じられないんですけど」

「あんなに楽しみにしてたのに。スカートまで新調して」

「オーナー涙目になってたぞ」

「うん、すまないのと安心とでオーナー、ちょっとパニックだったよ。真名ちゃんみたいに店に合ったピアノ弾く人って、そう簡単には見つからないとはいえ、本当にひどいことになっちゃったねえ」

「まあパーティは無事終わりそうだけどな」

かちゃかちゃと片付けながら、スタッフが小声で会話をしている。

「あとで、真名ちゃんを励ます会でもしなくちゃね」

二人はそう言うと、グラスや皿をトレーいっぱいに並べて戻っていった。

（まなちゃん？　五万円？）

どうやら「まなちゃん」というのはあのピアノを弾いている娘のことらしいが、いったい何があったのだろう。

退屈しのぎになりそうな秘密めいた話題に、綜馬は軽い興味を抱いた。

中に戻ると、ちょうどピアノ演奏が一段落したらしく、真名という娘は楽譜を次の曲のものに交換して座り直し、少しぼんやりした目をして膝に手を置いている。

綜馬が近づいていっても置物のように身動きをせずにじっとしている。自分に話しかける人などいない、自分は銀露館の備品だとでも思っているようだ。

「少し話をしてもいいかな」

綜馬が声をかけるとびくっと顔が上がった。

もともと低い声質の上に人に命じる立場のせいで、威圧感まで備わっている。ソフトに尋ねたつもりだが、驚かせてしまったらしい。間の悪いことに姿勢のよい長身の綜馬が見下ろす形になっているのも、余計な緊張感を与えるようだ。

セルロイドの人形めいた丸い形の目が見開かれたまま揺れて、こくりと喉が上下に動く。

鋭い印象を与える切れ上がった眦の瞳をできる限り和ませて、綜馬は娘を見下ろした。

「君、いつもここで弾いているのかい？　それとも今夜だけのアルバイトかな」

「いいえ、毎晩ここで弾いています」

咲きかけの蕾めいた印象の唇から、やっと言葉を引っ張り出すことに成功する。

見た目と同じように控えめな細い声が緊張でうわずっているのが初々しい。

「名前を聞いてもいいだろうか？　ああ、すまない。私は……」

綜馬はいつものように上着の内ポケットから名刺を取り出し、娘に差し出した。

名刺をもらうことなど滅多にないのだろう。両手でぎこちなく受け取った娘は肉厚の上質な名刺の名前を読み取り、人形のような目を更に丸くした。

「銅ホールディングスってあの銅でしょうか？」

「おや、知ってくれているのかな」

綜馬は気軽に言ったが、娘は目を丸くしたまま大きく頷いた。

雑誌やマスコミで頻繁に取り上げられている銅ホールディングスを知らない人間はほとんどいないし、直々に名刺をもらえば普通は驚く。そして次に来るのは、期待と媚びだ。

この男から何がもらえるか。何か利益を引き出せるのか。

だが彼女からは、自分でも知っている有名な会社の役付きの人間に会った、という、子どもじみた高揚感しか感じられない。損得を絡めない、純粋な好奇心だけその澄んだ目には浮かんでいた。

全く媚びないその視線に、自分でも不思議なくらいに心が揺れる。昔はこんな目を見ることもあったが、銅ホールディングス次期社長という立場になった今では、周囲に見つけることは難しい。

その目から視線が離せずに、綜馬は自分でも思いもかけないことを口にする。

「うちのイベントでもたまにピアノを使うことがあるから、君の名前を聞いておきたいと思ったんだ。とてもいい感じで弾いていたからね、清潔な音だ」

演奏を褒められたことが素直に嬉しいらしく頬を染めて、娘は明るい表情になった。

「ありがとうございます。柚木真名と言います。真名は真実の真に名前の名と書きます」

真名というと、もっと女性らしい文字に間違えられることが多いのだろう。律儀にそう付け足すところに真面目さが窺えて、綜馬はますます好感を抱く。

「柚木さんか。いくつになるのかな？」

「十九です」

「偉いね」

子どもをあやすような言葉だったがそれが自然に零れ出てしまうぐらい、目の前の娘の反応は飾らないものだった。

「二十歳を過ぎても未だに、親に何かと理由をつけて祝ってもらうお嬢さんがいるかと思えば、君のように十代でこうしてきちんと働いている子もいる」

綜馬は、豪奢なドレス姿で座の中心にいる華やかな娘に、ちらりと視線を向けた。一瞬だったが、その視線の皮肉な鋭さは見事に綜馬の心情を表し、見た目のスマートさが完璧な演技であることを真名に教えてしまう。

零れ出た本音に真名の頬に困惑が浮かび、綜馬は苦笑いして自分から取りなした。

「ああ、すまない、そんなことを言われても柚木さんには答えようがないな。あんまりつまらないパーティで頭がくらくらしてたんだ」

「あ……何かお気に召しませんでしたか」

真名の白い顔がすーっと見事なほど青ざめて、綜馬は驚く。

単なるアルバイトかと思っていたが、彼女はこの仕事を大切にしているようだ。まだ十代の彼女が、たわいない愚痴にこれほど反応するとは思わなかった。

何故か憂鬱そうに弾いていたので、この仕事に気乗りがしないのかと、同士めいた思いを抱いたのだが、自分の先走りだったのだろうか。

強く手を握りしめた真名はまるで叱責を待つかのように、全身を強ばらせている。

自分の会社の仕事を悪く言われて面白い人間はいない。関わっている事業が失敗だと言われれば、失望する。

それを綜馬は誰よりわかっているはずなのに、若い女性と言うだけで無意識で侮っていたことに気づく。

この子は自分の職務を全うしようとしているのに、浅はかなシンパシーから傷つけた。

「そんなに怯えないでくれるかな、柚木さん」

手を伸ばした綜馬は、後悔を込めて真名の手の甲を軽く叩く。

「パーティの料理や演出は申し分ないよ。銀露館の噂は前から聞いていたけれど、噂以上だ。少し壁際の生花が多過ぎる気がするが……まあ、理由ありだろうから仕方がない」

言外にわかっているというニュアンスを込めると、真名が正直にほっとした顔をする。

「今日は子ども向けのお遊びかと少々軽く考えていたのだけれど、本当に失礼だったと反省したよ」

そう言ってから綜馬は、少しだけ気になっていたことも付け足した。

「ただ、君のピアノはちょっと不安定かな。とても繊細で丁寧だけれど、初見の楽譜を弾いているみたいに、ときどき音の大きさが不安定になる。今日だけの代理かと思ったんだけれど、専属だったんだね。とすると……ポップスはあまり弾かないのかな。確かにここの雰囲気には合わないからね」

綜馬は何気なく感想を言ったのだが、真名の軽く瞠った目が、その耳の鋭さに驚いたこと告げている。

音楽に多少明るいことなど自慢するべきではなかった。綜馬は苦い気持ちになるが、真名は尊敬の眼差しになった。

「すみません……あの、銅さんはピアノを弾かれるんですか？　随分……」

耳がいいですね、という次の言葉ははっきりした音になる前に、腕に抱きついてきた今日の主役の娘に遮られる。

「もう、綜馬さんったら玲奈を置いて、何を話しているの？」

化粧で外見だけは一人前の女に見せてはいるが、口調は舌足らずで幼い。否定されることを知らず、傷ついたことのない甘やかされ切った目線を向けられるのは気分のいいものではない。

綜馬は素早く完璧な笑顔を作り直したものの、真名が深く視線を落として会釈し、ぎこちなくピアノに向かって姿勢を正したのを訝しく窺う。

「あなた、今夜は弾かないって言ってたわよね。さんざんパパやママを困らせて、ちゃっかり弾いてるってどういうこと」

玲奈の声はアニメのヒロインばりに甘ったるいが、口調は安っぽいソープオペラの敵役のように意地が悪いのが、わざとらしくて滑稽だ。

綜馬は一瞬あっけに取られたが、勝ち誇ったような娘と俯く真名の姿に、おおよそのことを察した。

サイズの合わない、慌てて着たらしい黒いドレス、屈託のある横顔、ときおり乱れる指の動き。真面目な受け答えから推し量っても、今夜弾く予定であればもっと準備をしておくようなタイプに見える。

綜馬のたわいない愚痴にも「何が気に入らなかったのか」と真摯な態度で問いかけてきた。

多少のやりとりでも、真名が銀露館での仕事を大切に思っているのが伝わる。安易な理由でわざと手を抜くようなことはないだろう。とすると今日仕事以外の、とても大切な用事があったに違いない。けれど、どういう理由かわからないが、急にこの場にいる羽目に陥ってしまった。

自らも人を使う立場の綜馬は、自分の目に狂いがない自信がある。

綜馬には媚びを売りながら真名には傲慢な口をきく、玲奈の愚かな未熟さと、幼稚なヒエラルキーに、自分でも信じられないぐらいの激しい怒りがこみ上げる。今すぐ、この甘ったれたすねかじり娘の腕を、思い切り振り払いたい気分を押さえるのがやっとだ。

だが真名のほうは身体を強ばらせてはいるものの、深々と頭を下げ、感じのよい柔らかい声を低めて詫びを口にする。

「本当に申し訳ありませんでした」

仕事をしていれば理不尽な思いはいくらでもするし、下げたくない頭も下げる。

今夜のスタッフの一人として真名の行動はごく当たり前のことで、もしここで言い訳でもしたなら非難されてもしかたない。とはいえ、同じ年頃の娘にここまで居丈高になられれば、辛いはずだ。それでも銀露館のために不快を一切顔に出さずに詫びる真名に、綜馬は賞賛の気持ちを抱く。

玲奈が更に何か言おうとするのを、綜馬は腕に絡められた派手なネイルの手を握って押しとどめる。

　訝しげに見上げてきた玲奈に華やかな笑みを浮かべて見せた綜馬は、その顔をすぐに真名に向けた。

「ワルツを一曲お願いしてもいいかな？　柚木さん」

「ワルツですね。はい。わかりました」

　ほっとしたように真名が鍵盤の上に指を置くと、綜馬は不満げな玲奈の手を取って軽く唇を当てた。

「踊っていただけますか？　お嬢さま」

　若い娘が思い描くビジネスエリートの見本のような、端正な容姿の綜馬が恭しく手を差し出すと、世間知らずの小娘などひとたまりもなかった。

　あっという間に真名のことなど頭から消え去ったらしく、勿体をつけて綜馬の手を取った玲奈は、女友達の嬌声と羨望のため息を自慢げに浴びた。

「ワルツね。私、オーストリアで習ったの」

　本場仕込みなのよ、と褒められたげな目をする玲奈に綜馬はそつのない笑みを返す。

「それは素晴らしい。さすがに森さまのお嬢さまですね」

「パパがやっぱりダンスはヨーロッパで習ったほうがいいっていうのね。綜馬さんはどこで覚えたの？　パリ？　それともイギリスとか？」

「荻窪です」

え？　と目を丸くする玲奈に笑いかけて、綜馬はフロアに軽々と彼女を連れ出した。

ブラックプールの一流大会に出るわけでもあるまいに、何故ヨーロッパでこんなよちよちダンスを習う必要があるのか、綜馬にはさっぱりわからない。

今にも自分の足を踏みつけそうな玲奈をリードしながら綜馬はその肩越しに、諦めたような横顔で、淡々とピアノを弾く真名の姿を何度も確かめていた。

4　恋の始まりの即興曲（アンプロンプチュ）

　やっとパーティがお開きの時間を迎え、最後まで笑顔を保った綜馬は、森父娘の抱擁まがいのねっとりした挨拶をなんとかいなし、まだおしゃべりがやまない招待客を尻目に一足先に外に出た。

　すると皆月が音もなくエントランスに車を寄せ、外に出てきてドアを開ける。

「悪いな、遅くまで」

　紋切り型のねぎらい言葉に、やっと終わったという感慨をたっぷり込めると、皆月が全てを察した目で「お疲れ様です」と微笑んだ。

「ところで、皆月。五万円が一瞬でパーになるものってなんだかわかるか」

　車のドアに手をかけたまま綜馬が尋ねると、皆月が男性にしては細いうなじを傾け、理知的な顔を印象付ける切れ長の目を細めた。

「謎かけにしてはヒントが少な過ぎですね。それだけでは、せいぜいギャンブルで擦ってしまったぐらいしか思いつきませんが」

「そうだな……実は」

車の中で暇つぶしにさっきの話を聞いてもらおうと、綜馬が後部座席のステップに足をかけ身をかがめたとき、夜風に誘われるように踊っていた紙切れが車のフロントグラスにぺたりと貼り付いた。

失礼します、皆月が前に回って貼り付いた紙切れを取り上げ、〝おやっ〟といった表情を浮かべている。どうやらただのゴミではないらしい。

委細を尋ねようとした綜馬は慌てて駆けてくる足音に気がつき、視線を振り向けた。

まだ三月(さんがつ)にもなっていないというのに薄手のブルゾンをひっかけただけの姿で走ってきたのは、先ほどまで神妙な顔でピアノを弾いていた娘、柚木真名だった。お仕着せのドレスを脱いで私服になるといっそう幼さが強調されて、まだ高校に入学したばかりと言っても通りそうに見える。

だが真名は皆月のもとに走ってくると、玲奈にしたのと同じように深々と頭を下げた。

「すみません、それ私のです。手が滑って飛ばしてしまいました。お客さまの車に、申し訳ありません」

仕事は終わったのに、最後まで律儀なことだ。

銀露館のオーナーは相当スタッフの躾(しつけ)をきちんとしているらしい。こういうところが長く人気を集めている理由なのだろう。結局どんな仕事でも、働く人間の質に左右されるのを、銀露館のオーナーはよくわかっているようだ。

綜馬は改めて感心しながら、お辞儀をする真名の肩口にさらさらと落ちる髪を眺め、言葉をかけようとしたが、それより先に皆月が口を開いた。

「こんな大切なものを。なくさなくてよかったですね……」

皆月はそう言いながら、手にした紙に視線を落とす。

細長い形状から察するに、どうやら何かのチケットらしいが、滅多に感情を出さない皆月の視線がそれとわかるぐらい揺れた。

「だけどもう、ゴミなんです」

泣くのをこらえているように声を詰まらせた真名が、引きつった笑みを見せると、皆月も慰めの交じった奇妙な笑みを浮かべ、その紙切れを手に綜馬のほうを振り返った。

「どうしたんだ」

「先ほどの謎かけの答えですよ、専務」

あ、銅の……呟いて再び頭を下げる真名に軽く頷き、綜馬は皆月からその紙切れを受け取った。

『サペルニコフ　ピアノコンサート　S席　50，000円』

チケットの日付は今日。

綜馬はチケットを手にしたまま、困り切って立ち尽くす真名の顔を見つめた。

染みも汚れもないけれど着古した季節に合わない薄手のブルゾンに、クリーム色の化繊のスカートも、新しいがぺらぺらした安物。

髪や爪も仕事柄清潔に整えていて見苦しくはないけれど、決して金銭的に余裕のある雰囲気ではない。

五万円のコンサートを諦めるのには、どれほどの理由が必要だったのだろうか。

しかもサペルニコフは生きた伝説と称されている名ピアニストだ。ファンにとっては金では買えない価値があるだろう。

真名が先ほどまで見せていた屈託が、綺麗に腑に落ちる。

「柚木さんだったね。家まで送るよ。乗りなさい」

「え？」

綜馬はもう価値のないチケットを彼女に手渡すと、何を言われているのかわからないらしい真名の手を引いて、さっさと車の後部座席に押し込んだ。

おとなしく綜馬の隣に座ったものの、何がどうなっているのかといった顔で、真名はきまり悪そうに、ときおりもぞもぞと腰を浮かせる。

「寒いですか」

気の回る皆月の問いかけに、真名はぴくんと跳ねて座り直す。

「いいえ。とても温かいです。私、こんな立派な車に乗るのが初めてで、なんだか落ち着かなくて、すみません」

飾り気のない真名の答えに皆月が微笑んだ気配がする。綜馬は真名の住まいを確認したあと、さりげなく口火を切った。

「今夜はコンサートへ行く予定だったのかな」

「はい。でも今夜のパーティでピアノを弾く予定だった人が怪我でこられなくて、急遽、私が代わりました」

さすがに辛そうな目をしたが素直に答えを返してきたのは、チケットを見られてしまったので言い訳を諦めたからだろう。

「サペルニコフ・プーシキン、伝説のピアニストだね。生きているのに伝説というのもすごいけれど、ピアノを歌わせることができるのは彼だけ、と言う人もいるね。確かに彼の演奏からは色彩を感じる」

コンサートに行けなかった理由をあれこれ聞いても仕方がない。

今から行かせてやることもできないし、どんな理由であれコンサートに行かないと決めたのは彼女自身だ。

どれほどがっかりしていようと、彼女はそれを見せなかった。綜馬が彼女の様子に気がついたのは、気乗りのしない綜馬の気持ちが彼女の心に同調したからにすぎない。

あれほどきちんと仕事をしようとしていた真名に、その決断の理由をあれこれと尋ねて、傷口に塩を塗るようなことは逆に失礼だと考えて、綜馬は話題を変えた。

だが真名にはそれがよかったらしい。みるみる顔色が明るく変わり、身を乗り出してきた。

「そうなんです、CDで聞いていても目の前にぱーっと色が広がるような気がします。あの……もしかして、生の演奏をお聴きになったことがあるんですか？」

「一度だけだけれど、私が聞いても猫に小判だったね。君が聞いたらよかったな」

綜馬が親しげに笑いかけると、皆月が笑いをかみ殺すほど熱心に真名は綜馬を質問攻めにし始めた。どうやら真名の頭から綜馬が銅ホールディングスの専務だということも、ここが綜馬の車の中だということも、初対面だということも全部吹き飛んだらしい。

サペルニコフのコンサートにまつわることを、真名は何でも知りたがった。

いつ、どこでから始まって、何を弾いたのか——そしてあなたはコンサートのあとに何を食べたのか？　そんなどうでもいいようなことまで聞きたがる。

「何を食べたのかが、サペルニコフのコンサートと何か関係があるのかな？」

「ええ、彼の曲を聴いたあと、人は何を食べたくなるのかなって考えてしまうんです」

真名は車内に差し込む暗い明かりの中でも輝く目で、綜馬を見つめてくる。

「CDで聴いただけでも、胃が心臓になったみたいにどくんどくん脈打って、何も食べられない気がするのに、でも何かが欲しい、って私は感じるんです。何かに飢えるみたいな……。満たされているのに飢えている……って不思議な感じです。彼の演奏には満足と不満足が同居してると思います。常に先を求めるというような」

　さっきピアノを弾いていたときの真名はひどく控えめに見えたが、好きなものに関しては饒舌になるらしい。

　その振り幅の大きさを面白く思いながら、綜馬は口先だけの会話はやめて本音を返すことにする。

「酒だね。やっぱり」

「お酒ですか」

「そう。聞いたのはニューヨークだったんだけれどね。バーボンというよりウォッカをぐいぐい飲みたくなる気分だったね」

「ウォッカですか？　お酒で大きな違いってあるんですか？」

「そう、はっきりした違いがある。今はアメリカに住んでいるとはいえ、彼はもともとロシアの人間だろう？　根底に流れているのはロシアの血だと思うよ。アルコール十％以下はジュースだと思う、ロシア人の血がね」

　え？　と目を丸くする真名に、運転をする皆月が背中で少し笑う。

「人は生まれや育ちから逃れられないときがある、と私は思う。君の感じる飢えもそういうところから来ているのかもしれないね」

　ああ……と綜馬の言葉を理解したように深く頷く真名を、綜馬は感慨深く眺めた。

着古したブルゾンでも、真名の真剣な目には内面から溢れてきて人を惹きつける煌めきがある。

パリ仕立てのドレスで着飾っていた森の娘など足元にも及ばないと、同じ年頃なだけに綜馬はつい比べてしまった。

それからも真名は、あれこれと綜馬に質問をし続け、皆月が真名のアパートの前に車を止めたときは、興奮の熱で頰が真っ赤になっていて、綜馬はさすがに心配になった。

「風邪でも引くといけない。早く休んだほうがいいね……今夜はお疲れ様、柚木さん」

綜馬の優しい忠告に、真名ははっと我に返ったらしく、熱に浮かされたような頰のまま、深く頭を下げる。

「じゃあ、また」

軽く車の中から手を上げると、真名が上目遣いできょとんとした顔をする。

まさか銅ホールディングスの人間と自分がまた会うなんてことはあるはずはないと思っているのだろう。計算のない顔ににこっと笑いかけると、もう一度真名は身体を九十度に折り曲げ、そのままの姿勢で綜馬の車が見えなくなるまで見送ってくれた。

「若いのに随分と礼儀正しい子ですね」

姿勢が崩れない真名を、ミラーで確認した皆月が微笑む。

「もっともサペルニコフには我を忘れたようですが」

「みたいだな」

綜馬も先ほどの真名の興奮振りを思い出してくすくすと笑った。

「どんな義理があるか知らないが、今夜のコンサートを諦めるのは辛かったろうな。サペルニコフは初来日の上、老齢で次の来日などもうないとさえ言われているんだぞ。話で埋め合わせできるなら安いものだ」

「綜馬さんがそんなに他人を気にかけるとは、珍しいですね」

「そうか？　俺はいつだって親切だ」

「それは存じませんでした」

「認識を改めろ。まあ今夜は気の進まない仕事をこなす者同士、同病相憐れむといったところだな……全く、コンサートを諦めた上に、同じ年頃の相手に偉そうにされて嫌みまで言われるとは、気の毒なことだ」

綜馬は不快さを思い出し軽く眉を寄せた。

「嫌みですか？」

「まあな。今日の主役は森の娘だ。お姫さまは何でもありだな」

「ああ……」

皆月は察したように軽く頷いたが、どんなときでも関係者の悪口など言わないのは、皆月の秘書としての群を抜く長所の一つだ。

「森さまは綜馬さんをお嬢さまのご結婚相手にと、考えていらっしゃるようです」

「背筋がゾクゾクするようなことを言わないでくれ」

綜馬は鼻を鳴らして腕を組んだ。

「社長も乗り気のようですが」

「俺は全然乗り気じゃない。パーティでワルツを一曲踊るぐらいならどうということもないが、年の離れたわがまま娘のご機嫌取りに一生振り回されるのはごめんだ」

綜馬がいらいらと煙草を咥えたのを潮時に、皆月は話を切り上げて空調を切り替える。

「俺もサペルニコフのコンサートを理由に断ればよかったな、そっちのほうがずっと仕事の意欲が湧きそうだ」

大人げなくぶつぶつと呟くと皆月がおかしそうに解決策を投げて寄越した。

「龍成(りゅうせい)さんのコンサートへいらしたらどうですか？　なんでしたらあの子、柚木さんでしたか、お誘いになったら喜ぶと思いますよ」

「龍成とサペルニコフじゃ比べものにならないだろう」

「龍成さんにそれをおっしゃったら、鼻で笑い飛ばすと思います」

「あれの自信過剰は今に始まったことじゃない。まともに聞いたらこっちが恥をかかされる」

「あながちそうとは言い切れませんよ」

綜馬の苦笑いを皆月は静かにたしなめた。

「久々の日本公演はネットでは三十分もかからずにソールドアウト。クラシックのコンサートでは滅多にないことだそうですよ。おそらくピアノファンなら垂涎のコンサートのはずです」

ふーん、綜馬にしては珍しく曖昧な相づちを打つ。

「でもそれほど人気のあるコンサートだとしたら、あの子は行くつもりでチケットを用意してるかもしれないだろう」

乗り気ではない雰囲気を醸し出す綜馬の思考の抜けを、皆月は穏やかに突いてくる。

「こう言っては何ですが、見たところ柚木さんは、あまりお金に余裕があるようではありませんでした」

「ああ、そうだな。でもあの年齢だ。普通のことだろう。たかだか卒業パーティのドレスのために、パリまで飛んで行ける森の娘みたいなほうが異常なんだ」

微笑む皆月が、綜馬の皮肉交じりの意見に是も非も言わないところが利口だ。だからこそ綜馬は安心して愚痴をこぼせるし、彼の辛口の意見も受け入れられる。

「その柚木さんは五万円のコンサートチケットを買ってしまったのですから、当分他のチケットに手は出せないでしょう。まして龍成さんのコンサートはサペルニコフほどではありませんが、かなり上のランクですよ」

（なるほど、全くもってそのとおり。ぐうの音もでないな）

腹の中で感嘆した綜馬は、腕組みをしてしばらく無言になった。

「……ソールドアウトなんだろ」

とうとう皆月が軽く声を立てて笑った。

「綜馬さんが直接おっしゃればチケットの一枚や二枚都合してくださいますよ。たまには連絡してみたらいかがですか？　喜びますよ」

果たしてそうだろうか。

綜馬は自分と全く違う性格で軽々と全てのしがらみを乗り越えた龍成が、自分をどう思っているのかが未だに全くわからない。

やりたいことを諦めた自分を愚かだと思っているか。

粛々と銅家のルールに従い、それに縛り付けられている自分を、哀れんでいるのか。

あの龍成の様子から読み取ることは難しい。

取り出したスマートフォンを弄んでしばらく考えたあと、綜馬はしばらくぶりの名前を指でなぞってみた。

5　天才の変奏曲（バリエーション）

情けないと思いながらも、駄目になったチケットを、真名はいつまでも捨てることができずにいた。

机の上に未練がましく置いたままの紙切れを見つめ、真名は両腕に顔を突っ伏した。

いい加減諦めよう。

そう思えば思うほど消せない後悔と切なさ募る。

田部が無駄になったチケット代を上乗せして、目の飛び出るような特別手当をくれたし、スタッフも食事とカラオケで慰めようとしてくれた。

なのにいつまでも諦めきれないなんて馬鹿だ。頭を自分で何度かこづいてから顔を上げる。

なんとか気を取り直して、別のピアニストのコンサートに行こうと思ったら、とっくに売り切れていた。ネット販売開始三十分でソールドアウトになったらしい。

冷静に考えたら、彼のチケットが簡単に手に入るわけがない。真名はせっかく上向きかけていた気持ちがまた打ちのめされる。

そのピアニストは居をヨーロッパに移しているとは言え、日本人でまだ若く、サペルニコフと違っていずれ聞く機会はあるだろう。だが気まぐれで有名な上に、日本音楽界の頭の固い重鎮たちと大げんかをして出て行ったという、曰く付きの天才ピアニストだ。次の機会がいつなのか、予測もできない。

ネットオークションで手に入れるには、チケットが高騰し過ぎてどうにもならない。田部がくれた特別手当を遙かに超えていた。

真名はとことん運がない自分を呪いながら机から離れ、今夜もまた銀露館にピアノを弾きに行く用意を始めた。

銀露館に着くと、真名は訝しい顔をしている田部に封筒を手渡された。

「何ですか？」

「よくわからないけど、君宛てだから」

裏を返すと〝銅綜馬〟と書いてある。

「……銅綜馬……？」

「誰？　真名ちゃん」

まだ若い真名はどうしても人目を引き、演奏の合間に悪気なく話かけてくる客はいる。

心配そうな田部の視線を受けながら考えた真名は、最近声をかけてきた客の記憶を辿り、あの悲惨なパーティの夜に話しかけてきた男性のことを思い出した。

確か名刺には銅ホールディングスの専務とあった。そんな偉い人なのに、たまたま帰りに出会っただけの自分を家まで送ってくれた。

どこにいても目立つすらりとした長身で、隙のない身繕いに身のこなし。口調はそこそこ丁寧でも、人を従わせるのに慣れた雰囲気と威圧感を漂わせていた。

広い額に少しかかる前髪で鋭い視線を和らげてはいたが、口角の引き締まった顔立ちは整い過ぎて一見冷たく感じる。

明らかに他人と一線を画すオーラがあったけれど、話せばとても面白くて気さくな一面も見せてくれた。

あの夜、親切にしてもらったことを、もちろん忘れたわけではない。

それでもすぐに思い出さなかったのは、あれきりだと思っていたからだ。まさか綜馬のほうから、自分に連絡を取ってくるとはほんの少しも想像していなかった。

一度サペルニコフのことを語り合ったぐらいで銅の専務と友人だと思うほど、真名はお気楽な人間でも世間知らずでもなかった。

何故、手紙なんてくるのだろうか。

「この間のパーティに来ていた人です。銅ホールディングスの専務さんって聞いています」

「え？　銅ホールディングスの？」

驚く田部に真名は頷く。

「はい。覚えていませんか？　あの主賓の娘さんとワルツを踊っていた人です」

「あ――ああ、ああ」

何度も声を上げて田部はうんうん、と首を振った。

「あの人、銅ホールディングスの人だったのかあ。道理でねえ、いかにもって感じのスマートで遣り手っぽい人だったねえ……で、あの人が真名ちゃんに何の用？」

「……何でしょう」

本当にそんな人がいったい自分に何の用だろう。

首を傾げながら真名は封を切った。

そして中から現れたものを見て上げた声に、見守っていた田部が驚いて覗き込む。

「何だい？　困ったものかい？」

「こ、これって――」

真名の震える手の中には「ＲＹＵＳＥＩ・ＡＧＡＩＮ」と印刷されたチケットがあった。

「何？　映画？」

「違いますよ！　龍成のピアノコンサートです。今度日本で久々に弾くんですけど、チケットがすぐに完売して……」

興奮した口調で説明をしながら、真名はまじまじとチケットを見つめる。三十分で完売したチケットがどうしてここに、しかも自分宛てに届いているのかさっぱりわからない。

「君のピアノが気に入ったんじゃないのかな」

「まさか……」

「でもさ、ああいう人はいつでもビジネスチャンスを探してるわけだよ。生き馬の目を抜く世界なんだから、余計なことをしている時間なんてないと思うよ。何か思惑があるから真名ちゃんを招待してるんじゃないのかな」

「……でも……あ……手紙があります」

田部の意見には同調できない真名が中を探ると、文字を書き慣れた人の手跡で、走り書きのような手紙があった。

――この間は素敵な演奏をありがとう。よかったら聞きに行ってください。

「ね？　やっぱり君のピアノが気に入ったんだよ。銅ホールディングスの人でしょう？　別に真名ちゃんから何かを騙し取る立場でもないしねえ。そういうところから次の仕事がくることもあるし、別に悪い話じゃないから行ってきたらいいよ」

来るとは思えない仕事は別にして、龍成のコンサートは是が非でも行きたい。

何故自分にこんなことをしてくれるのかと訝しく思いながらも、真名は好意に甘えることにした。

演奏者の指使いが見え、しかも均等に音が集まるセンター席。

シート番号を見たときから予測はしていたが、実際会場で腰を下ろした真名はあまりの好条件に、胸の高鳴りが押さえきれない。

どくんどくんと脈打つ音が人にも聞こえてしまいそうで、追い出されるのではないかと心配で辺りを見回す。

ぎっしりと会場を埋め尽くしているのは老若男女さまざまな客層だが、やはり若い女性が多い気がする。

まだ二十七歳の龍成は、類いまれな実力に加えビジュアル系の容姿と、歯に衣着せぬ発言や型破りな言動でクラシック界の革命児と言われ、二十歳そこそこで一躍スターになった。だがそれを快く思わない大御所たちとぶつかってさっさと日本を出てしまい、それからはヨーロッパやアメリカでの活動を中心にしていて、滅多に日本に帰ってこない。

熱心で裕福なファンは海外まで『追っかけ』をしている。

海外に行くなど真名には逆立ちしても到底無理だから、今回のコンサートは本当に行きたかった。

椅子に深く腰を下ろして開演を待つ間も、期待と興奮のため息が止まらない。

いったい綜馬はどうやってこんないい席を手に入れたのだろうか。サペルニコフのコンサートも実際に聞いているし、クラシックファンなのだろうか。かなり耳もいいようだし、きっとそうに違いない。

銅ホールディングスの専務ともなれば小さい頃から芸術的な教育も受けているのだろう。国内外を問わず、主要なコンサートは欠かさず出かけているのかもしれない。

姿勢を正して辺りを窺ってみるが、綜馬の姿は見えない。

満席の会場だけれど、あの人は埋もれてしまうような人ではない。もし近くにいれば気がつくはずだ。

だとしたらこの席は綜馬のための席だったのか——。

やっぱりこの席を譲ってくれたのだろうか。

龍成のチケットが何枚も都合できるとは思えない。真名は申し訳なさと感謝の気持ちを同時に感じながら、また椅子に深く身を沈めてパンフレットを抱きしめる。

受け取ってしまったからには、もうあれこれ考えても仕方がない。

精一杯楽しむことが厚意に応える方法だと決めた真名は、興奮を静めて開演を待った。

やがて客席の明かりが落ちると、散歩にでも行くみたいな緊張感のない足取りで龍成がすたすたとステージに上がってきた。椅子に腰を下ろすときも軽やかだったが、彼が鍵盤に指を置いたとたん、世界の全てが龍成のものになる。

真名はあっという間に、彼が構築する凄まじい音の世界に引きずり込まれた。

行けなかったコンサートへの未練が瞬く間に吹き飛び、今日このときのために生きていたような気さえしてくる。

濃密で繊細な音の連なりは、甘く切なく、そして激しく、自在に真名の心を操り、歓喜の極みへと引きずり上げた。

淫蕩（いんとう）にも似た喜びに身悶える聴衆を、龍成は『俺の音にいつまでも甘えるな』とばかりに頂点で突き放す。

だがそれに怒り、背を向ける力はもう聞き手には残っていない。ひたすら龍成がこちらを向いてくれるのを待つ、飢えた信者に変わっている。

やがて龍成の憤怒が昇華され尽くして、音が静まり、湖面のように滑らかになる。暴力的な仕打ちのあとにくる、傷ついた者たちを包み込む清らかな音は、聖母の手となって聞き手を抱きしめた。

自然と溢れてきた涙で真名の頬は濡れた。これまで生きてきて味わった辛さや、哀しさが全て消えて、新しい自分に生まれ変わった気持ちになる。

だが清らかなカタルシスの裏に、理性を失わせる麻薬のような恍惚（こうこつ）感が潜む。

聞き手の身体を離れ、彼の作り出す音楽の前にひれ伏す魂だけが会場を浮遊するような感覚に満たされる。

これが龍成の音の世界。

天才というのは本当にいるのだ。

場内が明るくなっても演奏の余韻から抜けられない真名は、弾き手を失い、ただの楽器に戻ったピアノを呆然と見つめていた。

さっきまではあのピアノが縦横無尽に咆吼したり、囁いたりしていたのが信じられない。

龍成に魂を吹き込まれたピアノは、本当に生き物のようだった。

頬を押さえた手のひらに、真名はびっくりするほどの熱を感じる。

(本当に、本当に、すごかった……他に言葉がないわ)

真名はまだしっかりと、耳に残る演奏を味わう。

荒々しいのに洗練された演奏、一つ一つの音が粒だっているのに滑らかな音の繋がり。

それを生み出せる技巧は、長い積み重ねの上にしかないが、龍成からその苦しさなど欠片も感じられない。生まれたときから神の手を持っていたようにしか見えない。

そして何より人の魂を根底から揺さぶるあの音色。

ミューズに愛された人とは、彼のことを言うのだ。

真名は息をするのさえ苦しい興奮に耐えて、深呼吸をする。

自分の才能を真名はよくわかっていた。音大へ進学したかったのも子どもにピアノを教えたかったからで、プロになろうともなれるとも考えていなかった。そしてこういう演奏を聞くと、進学を諦めたことに、ほんの少し残っていた未練も消し飛ぶ。

サペルニコフのコンサートに行けなかった哀しさの代わりに、今夜のコンサートが聴けた喜びが勝ってくる。あの駄目になったチケットは、今日という日を与えてくれた記念に、やっぱり取っておこう。

早く帰って、この感想と一緒にチケットをくれた綜馬に礼状を書きたい。あの人ならきっとこの感動をわかってくれる。

今ここにいてくれたらいいのに。

あの人はこの演奏を聞いたあと、何を飲みたいと言うのだろうか。今はヨーロッパに住んでいる龍成だけれど、日本の土壌を感じるだろうか。

綜馬なら何かきっと真名が気がつかなかった、面白い感想を言ってくれるような気がする。いろいろと感じたことを尋ねてみたいのに。

綜馬がこの素晴らしい演奏を聴いていないことを残念に思いながら帰ろうとしたとき、真名は「柚木さん」と呼びながら肩に触れる手に驚いて振り返った。

「銅さん！　いらしていたんですね！」

にこやかに笑いかけてきた綜馬に向かい、真名は椅子から跳ねるように立ち上がった。

「お会いできてよかったです。私――本当に感激して、すぐにでもお礼を言いたくて」

会えた嬉しさで言葉が纏まらないが、綜馬はにこやかな表情のまま口を開く。

「礼状はもらっているよ。わざわざ葉書でね」

綜馬は何が面白いのか少し笑った。

チケットを受け取ったときに出した礼状の子どもっぽい文字がおかしかったのかと思い、
真名は頬が赤らんだものの、首を横に振って今の思いを伝えようとする。

「あれは、チケットをいただいたお礼です。演奏のお礼は別です」

「演奏の礼？」

「はい！　素晴らしい演奏を聴かせていただいたお礼です。私、本当に感動して――」

思い出すとまた涙が溢れてきて目元を慌てて拭った真名に、綜馬が優しい視線を注ぐ。

「そんなによかった？」

「はい！　それはもう」

伝えきれない感動を持て余して握りしめた両手に、綜馬が手を伸ばしてきた。

「よかった……少し話を聞かせてほしいな」

断ることなどさせない強い眼差しに、真名は頬を染めて頷いた。

6　恋の練習曲（エチュード）

いつものように銀露館でピアノを弾く真名は、レストランの扉が開いて入ってきた客に、どきりとする。明らかに他の客と違う雰囲気を纏う人は、静かに腰を下ろし、真名に視線を向けてきた。

ピアノを弾いているとき何かに気を取られた経験はない。どんなに哀しいことがあっても、ピアノを弾けば、自分の世界に入って行けた。ピアノは真名の小さなお城のはずだった。なのにあの視線が自分の指を乱す。

少女の真名がせっせと作った砂糖菓子の壁を軽々と崩してくる大人の目が、胸の鼓動を高まらせた。

黒鍵から、音符よりほんの僅かだけ早く白鍵に指が滑り落ちるミスに、いっそう指がぎこちなくなる。

「真名ちゃん、銅さんと何かあるの？　しょっちゅう来るけど、まさか困ったことになってるなんてことはないよね？　コンサートに行っただけだよね？」

大げさなほど心配する田部に、真名は笑顔で首を横に振った。

「そうですよ。私がサペルニコフのコンサートに行けなかったのを知って、同情してくれたみたいです。こんな言い方をすると失礼ですけれど、親切なお兄さんみたいな方です」

不自然ではない説明に、ひとまず田部は安堵したように見えた。

銀露館は客筋のいい店だけれど、真名が若いというだけで無用な好奇心を向けられることもある。失礼な誘いや、侮ったそのかしが真名にかけられないか、田部は父親代わりとして常に気を遣ってくれる。

「真名ちゃんに何かあったら、お父さんに顔向けができないからね」と、真名に近づく男性には必要以上に目を光らせ、「あれでは真名ちゃんには、危なくない普通の彼氏もできない」とスタッフが笑うぐらいだ。

だが真名が言ったことに嘘はなく、綜馬は節度のある大人として振る舞う。店で真名に向けてくる視線も穏やかだ。だが銀露館は女性同士やカップルで来る客がほとんどだ。綜馬のような大人の男性が一人で楽しむなら、他にいい店はいくらでもある。

何故綜馬は銀露館にこうもしげしげと足を運ぶのか？　田部の目は真名にそう聞いている。

後ろめたく思う必要もないのに、店の仕事が終わったあとに、何度か一緒にお茶を飲んだことを、どうして田部に報告できないのか。真名自身はっきりと理由がわからない。

あれは別にデートじゃないから——と、真名は言わない理由を無理に探す。

綜馬は銅ホールディングスの偉い人だし、自分とは住む世界が違う。現代では誰もが平等で、世界の違いはない。それが建前に過ぎないことを、銀露館で毎夜裕福な客たちを見ている真名は知っている。

だから綜馬が自分に、そういう関心を持つことはあり得ない。年だってうんと違う。デートなんて思ったら、綜馬に悪いし、そんなのは都合のいいうぬぼれだ。

真名は自分の気持ちが、綜馬に向かって揺れているのに目を瞑る。ただの親切を、勘違いするなんてみっともない。

自分を諌めながらも、あのコンサートの夜に綜馬と交わした会話をまた思い返した。

＊　＊　＊　＊

綜馬と一緒にコンサート会場を出たあと、食事に誘われた。けれど「胸がいっぱいで何も食べられません」、と言うと、彼は真名を静かなカフェに連れて行ってくれた。

白木のテーブルに、錦繍(きんしゅう)のランチョンマットが美しい和風のカフェ。

出された冷たい水を口に含むと、ほのかな柚の香りが広がる。メニューは和菓子やぜんざい。和服を着こなした女性たちが寛いでお茶を飲んでいた。真名には縁のない空間だが、この静けさの中にいると、ふわふわした身体の中のものが、本来のあるべき場所に収まってくる。

綜馬に勧められるまま、可愛らしい小鳩形の落雁と抹茶をオーダーした真名はやっと人心地がつき、コーヒーを手にしている綜馬に改めて礼を言った。

「本当にありがとうございました。なんてお礼を言ったらいいのかわかりません。チケットを取るのも大変なコンサートなのに」

まだ夢の中にいるような真名に、綜馬が余裕のある笑みを返してくれる。

「気に入ってくれたようで何よりだ。見栄じゃなくて本当に楽しめる人が聞くのが演奏者にとっても幸せなことだからね。満席の客だったが、半分はスキャンダラスなピアニストというだけの好奇心で来てるんじゃないかな」

口調に交じる微かな棘に違和感がある。

スキャンダルだけを楽しみにしている聴衆と、それを許しているピアニスト双方への苛立ちは、まるで近しい者への怒りに聞こえる。

「あの……銅さんって」

そこまで言ったとき、真名はふと昔読んだ音楽雑誌を思い出した。

国際的なコンクールで優勝した龍成のことが載っていた。彼はまだ中学二年生で、真名は小学生だった。自分と同じような子どもが、並み居る大人たちを抑えて優勝したことに憧れ、真名はその記事を何度も読んだ。

『優勝者は銅龍成くん!!　中学二年生』

龍成のフルネームは「銅龍成」だった。

あのあと、龍成はフルネームで活動することがなく、恋愛スキャンダルも業界内トラブルも平気で記事にさせたけれど、家族のことだけは何も書かせず、いつしか龍成は、ただ『龍成』というピアニストとして世間に認識されていた。

けれどあの記事には確かに銅龍成と記載されていたし、家が裕福で音楽教育が充分に受けられたという意味のことが書いてあった。

銅はわりと珍しい名字だ。実家が裕福で……何よりチケットを手に入れられる繋がり。

「銅さんは、龍成さんのご家族なんですか?」

頭の中で完成した絵をそのまま綜馬に突きつけると、綜馬が曖昧に笑う。

だが憧れのピアニストと、目の前の人がその家族かもしれないことに興奮して、真名は綜馬の内心の揺れに気づけない。

「龍成さんって銅龍成っていうお名前ですよね。うんと昔に雑誌の記事で見たことがあります」

「弟だ」

仕方がないという口調で明かされた答えに、真名は手で口を覆って感激の叫びを抑える。

「すごいです!」

「何がすごいのかわからないな。誰だって家族ぐらいいるだろう。龍成はたまたま私の弟っていうだけだ。私がピアノを弾けるわけじゃない」

軽く笑った綜馬は、これ以上その話はしたくない様子でさりげなく話題を変える。

「柚木さんは小さい頃からピアノを習っていたの？」

「はい。母が大の音楽好きでピアノを弾いていたので、たぶん赤ちゃんの頃から触っていたと思います」

真名の一番初めの記憶は、母の膝の上でピアノに触れていたことだ。

「そうか。銀露館にはどういう関係で勤めるようになったのかな」

「オーナーが他界した私の父の親友で、小さい頃からすごくお世話になっています。銀露館は予約待ちがあるぐらい人気のお店なので、私じゃなくてもピアノを弾きたい人はたくさんいると思うんです。でもオーナーが是非にって言ってくださって。とても感謝しています」

真名は素直な気持ちを言ったが、綜馬は何か別のことを考えているように眉を寄せる。

「……あの……それが何か？」

綜馬の表情が不思議議で聞き返すと、綜馬はすぐに笑顔に戻った。

「いや、好きなことはいえ、いろいろな客がいるから大変だろうなと思っただけだ」

その言葉に真名は、あの夜に綜馬が客の嫌みにさりげなく助け船を出してくれたことを思い出す。客にも真名にも恥をかかせず、場の雰囲気も乱さずに、あしらい上手だった。

「あ……あの……」

真名が遅い礼を言おうとするのを、綜馬は笑顔で抑えて話を進める。

「じゃあ、今はお母さんと？　ご兄弟がいるのかな」

「いえ。高校のときに母も……父は小さいときに亡くなったので、私は一人っ子なんです」

近しい身寄りがいないことを口にするのはさすがにあまり楽しいことではなく、つい早口になった真名に綜馬がすっと笑みを消した。

「立ち入ったことを聞いてしまって申し訳ない」

軽く頭を下げられて逆に真名のほうが驚く。

こんな立場の人が年下の人間に謝るなんて思いもせず、いいえ、というのが精一杯で上手い言葉が出てこない。だがその間の悪さを綜馬が自分から埋めてくれる。

「仕事の相手とばかり話していると、会話が下手になっていけない。私も嫌な客の一人になってしまうね」

「そんな……銅さんはとっても優しくて、スマートな方だと思います。あのパーティのときも助けてくれましたし」

首を横に振る真名に、綜馬の眦が和む。

「ピアノは弾き手の心が現れると私は常々思っている。君の音を聞いたときとても清潔で素直だと思ったけれど、間違っていなかったようだね」

温かい口調に俯き、その言葉を嚙みしめる。田部も真名を褒めてくれるが、田部は身内のようなものだ。こんなふうにちゃんとした大人の男性から評価されることは初めてで、身体中が甘く痺れる。

綜馬の優しさに勇気を得て、真名は自分から尋ねる。

「あの……ピアノに心が出るとしたら、龍成さんのピアノはどう思われたのですか？」

「そうだね……難しいな。彼の音は……わかりにくいね。わがままで傲慢なのに……人を巻き込む何かがある……」

言いよどみ、歯切れの悪い口調が、それまで知っている綜馬とは違う。

「それは龍成さんの音は、綜馬さんの好みではないということですか？」

音楽に関してだけは、真名はいつも正直になる。

綜馬の目が一瞬だけ震撼(しんかん)するが、すぐに表情の読めない緩い笑みで隠される。

「あれほど若くして人に持てはやされている立場への嫉妬があるんじゃないのかな。彼はとても自由そうに見えるし、才能があるのは間違いがない。正直羨ましい」

綜馬は本気か冗談かわからない調子で、いたずらっぽい顔になる。

「もう自由な未来のない私には羨ましくて平静な気持ちで聞けない」

「それは――かなり、不幸です。あんな素晴らしい演奏を素直に楽しめないなんて、人生を損しています！」

　考えるより先に言葉が出て、気づいたときにはもう遅い。失礼なことを言ってしまった口を押さえて、真名は綜馬を見つめた。

「……あ、す、すみません」

　やっとそう言ったのと、綜馬が笑い出したのはほとんど同時だった。

「そうだね、柚木さんの言うとおりかもしれない」

　構えない笑い声に驚く真名に、綜馬はいつまでも喉の奥で笑いながら言う。

「でも君の演奏はいいと思ったよ。とても可憐で可愛らしい音で、楽しめたな。また聞きに行くよ。私の楽しみにしよう」

　そう言ってまた笑いを低く零した綜馬に、真名は信じられない気持ちで曖昧に頷いた。

＊　　＊　　＊　　＊

　――私の楽しみにしよう。

　その場限りの冗談だと思っていたのに、綜馬は本気だったらしい。あれから何度も銀露館に真名のピアノを聞きにきてくれる。真名の生演奏は銀露館の売りの一つとはいえ、演奏だけを目当てに聴きにくる人は滅多にいない。

食事やワインと同じように、銀露館を格上げするものの一つとして真名の演奏があり、真名もその立場はよくわかっている。だから出しゃばらず、客のおしゃべりに演奏が消えても、ひたすら銀露館のスタッフの一員としてピアノを弾いている。

そんな中で綜馬は唯一、純粋に真名のピアノを聞きに銀露館にくる客だ。

銀露館で提供できる一番上等のワインと、それに合ったシンプルな軽食を前に、ゆったりとピアノを楽しんでいる様子は芝居には見えないし、そんな芝居をする理由もない。

連れもなしに酒を飲んでさまになるのは、男でも女でも難しい。

だが綜馬はそれをいとも簡単にやってのける。辺りの客が感嘆の視線を注ぐほど、ごく自然に彼は一人で銀露館に居場所を作り、店の格を上げてくれる客だった。

あの人のためにもっと上手くなろう。母を亡くしてから初めて、特別な誰かのためにピアノを弾く喜びが、真名の身体に甦る。

銀露館に相応しく、そして綜馬に似合いそうな曲を選び練習を繰り返す。単調な日々に張り合いが生まれ、朝起きると何もかもが真新しく、ぴかぴかに見えるのが不思議だ。

綜馬のことを思い浮かべながら楽譜を見たり、洋服の組み合わせを考えたりする毎日は、真新しい手帳を手にした喜びに似ている。素敵な予定でいっぱいになりそうな気がする。

忙しい綜馬がいつ店に来るかはわからないが、「楽しい」と思ってもらえたら嬉しい。来たときには喜んでもらいたいと、真名は約束もしていないその日を待ちわびるようになっていた。

今夜も綜馬の訪れに、喜びと緊張を感じながらピアノに集中しようとする。

一音一音紡ぐたびに、綜馬の視線が、真名の壁を壊してひたひたと近づいてくる。

胸の高鳴りが指先に伝わり、真名の音を変えていく。生硬い清潔な少女の音から、花開く色香を含んだ女性の音へ。色づいていく蕾の美しさがピアノを弾く真名の姿に重なり、銀露館の片隅を輝かせる。

最後の曲を終えて鍵盤から指を離したとき、控えめに綜馬が拍手をしてくれた。

そっと目を向けてみると、視線が合い、頬が火照る。

綜馬は真名にしかわからない、密やかな微笑みと頷きをくれた。優しく包み込む眼差しは父親のようなのに不思議な艶があり、真名の身体の奥を何故か熱くする。

ぽつんと胸の底につけられた火は、消えることなくじりじりと真名を炙って、銅綜馬という人を真名の肌や心に刻みつけていく。

彼の賞賛を待つ自分の気持ちが恥ずかしくてむりやり視線を剝がし、控え室に戻った真名は、頰を叩いて、甘えた気持ちを切り替える。

「真名ちゃん、どうしたの？　いい演奏だったけど、何かあった？」

ねぎらいをしに顔を出した田部に驚かれ、真名は急いで笑顔を作る。

「いいえ、ちょっとのぼせたみたいで、頭がぼーっとしちゃって」

「大丈夫？　風邪じゃない？」

田部が額に伸ばしてきた手をぱっとよけてしまったことに、真名は自分でびっくりした。

「うつったらまずいですよ……とりあえず今日は早く帰って寝ます」

手を避けてしまった申し訳なさから真名は言い訳を作って、帰り支度を急いだ。

コンサートのチケットや、ＣＤ、楽譜などに給料をつぎ込んでしまうため、古い上着で過ごしてきた真名としては、上着も要らない季節になったのがありがたい。薄手のブラウス一枚で裏口から出ると、肩幅の広い、すらりとした背中が振り返った。

「早かったね。お疲れ様」

会いたかった人が待ってくれていたことに、真名はとっさに何も言えない。側に近づくことさえもできない。驚きや嬉しさをそのまま口にするほど子どもにはなれず、上手く伝えられるほど大人でもない。

突っ立つだけの真名に、綜馬から近寄ってきてくれた。

「素敵な演奏をありがとう」

肩に手を置かれた瞬間、真名は自分がさっき田部の手を避けた理由がわかった。

私はこの人に触れられたかったんだ――。

綜馬以外の人に触られるのがいやだったんだ――。

真名は思い切って、自分から綜馬に近づいてみた。

7　愛の追走曲（カノン）

　かりかりに焼いた英国ふうのトーストにたっぷりのコーヒー、山盛りのフルーツにグリーンサラダ、エッグスタンドには半熟卵。いつものとおりの朝食が用意された銅家のダイニングには珍しい人たちが綜馬より先に座っていた。

「おはよう、兄さん」

　龍成がまだ目が醒めていない顔で挨拶をしてきた。

「どうした？　おまえがここに来るなんて何の用だ」

「うん、仕事でたまたま日本に来たんだけど、美保子さんに見つかって空港から拉致されちゃった。これ食べたら寝るよ」

　エッグスタンドに乗せられた半熟卵の殻を、スプーンでこんこんと割りながらぼやく弟とは対照的に、美保子はすでに完璧な化粧と服装で席についていた。

　自分も席に着いた綜馬はにこやかに挨拶をする。

「おはようございます、こんな朝早い時間に自宅にいらっしゃるとは珍しいですね」

「先日の森さんのパーティはどうだったの？　綜馬さん」

いきなりそれか。

久しぶりに会っても母は会社の話か、仕事絡みのことしか言わない。もっとも親に珍しいと言う自分も相当嫌みな人間だから、人のことは言えた義理でもない。

「ええ、行ってきましたし、プレゼントも渡しました。皆月が用意してくれたものですが」

多少の嫌みは交じるが、報告に漏れはない。

「皆月が用意したなら大丈夫だと思うけれど、何だったのかしら？」

「銅のCu-Te化粧品一式に若い女性に人気ブランドのダイヤペンダント、だそうです」

「そう、いい選択だわ。で、どうかしらね？　彼女」

満足そうに頷いた美保子はトーストに手を伸ばしながら言う。

「何のことですか？」

「森さんのお嬢さんよ。今更わからない振りをしないでちょうだい、綜馬。大学も卒業したし、次は結婚。あなたにどうかと、匂わされているのよ」

美保子はまどろっこしいことは嫌うので、単刀直入に切り込んでくる。ならばこちらも回りくどい遠慮は要らない。

「お断りします」

「何故？」

「好きではありませんから」

「嫌いなの？」

「嫌いと言い切るほど彼女を知りません。ですがわがままな人だというのはわかります」

「わがままぐらいいいじゃないの。女はみんなわがままなものよ。特にあの年頃はそう。それより重要なのは物怖じしないことよ」

美保子らしい持論を堂々と言い放つ。わがままなど美保子には女の標準装備なのだろう。

その強引さで夫の正成（まさなり）を手に入れ、物怖じしない気質で事業を成功させた。美保子にとってわがままはある意味正義だ。引くことを知らない妻に疲れ果てた夫が、数年前に銅の家を出て行ってしまっても、その性格は変わらなかった。

銅ホールディングスの存続が何より大切な美保子は、夫婦同伴の場にだけ正成を呼び出す。長年の夫婦の情なのか、契約なのか知らないが、正成も黙々とそれに従う。美保子と正成が選択した夫婦の形は銅ホールディングスにとってはありがたいことだが、息子としては理解し難い。

だが美保子は綜馬の胸のうちなど忖度（そんたく）しない。

「玲奈さんは外国留学の経験もあって、社交マナーもわきまえているわ。高価なものが着こなせる華やかな雰囲気も銅ホールディングスの妻としては合格よ。しかもお家の格も財力も銅にとっては申し分ないわね」

冷え切った夫との関係を修復しようともせず、ひたすら仕事に熱中している美保子にとって結婚は仕事の一つでしかない。息子の結婚さえ仕事に利用しようとする彼女は、年齢を味方につけた堂々とした美しさと雰囲気で、綜馬を圧倒してくる。

事業家としての母には一目も二目も置いてはいるが、人としては欠けていると思う。だがそれを指摘しても、矯正できる時期はとうに過ぎている。

母は銅ホールディングスの社長以外にはなれない。

この人に母親らしさを求めることは無理とわかっていても、面と向かってそれを見せつけられると、こみ上げてくる失望を意識せずにはいられない。

「お母さん――」

たとえどう感じていても、綜馬には美保子を呼ぶ名は母でしかない。『母』と呼んだ唇に残る苦みと、ざらつく感情を綜馬は押し殺す。

「私は好きでもない人と結婚するつもりはありません。結婚相手は自分で探します」

大学に入学したときから、親の前では自分を『私』と呼ぶようになった。それは母を上司と決めた、自分なりの親との決別だった。その他人行儀な口調のまま、最後の言葉に力を込めると、美保子の眉がひそめられる。

「心当たりでもあるのかしら？」

息子の気持ちはわからなくても、いきなり激昂したり自分の意見を押しつけたりしない点は、美保子の事業家としての長所だ。

「全くないわけではありません」

仕事一筋だと思っていた息子の意外な返事に、美保子も驚いたらしく、一瞬息を呑んだ。

「誰かしら？　私の知っている人？」

「いいえ」

ふっと頭に浮かんできた顔に気を取られ過ぎて、綜馬はその先が言えない。

「急ごしらえの口先だけの言い訳なら要らないわ」

思いつきと決めつけられても、すぐには違うとも言い切れない。自分の気持ちが判然とせずに、綜馬は黙り込んだ。

だが綜馬の当惑をよそに、卵を食べていた龍成がだるそうに口を挟んできた。

「言い訳じゃないよ、美保子さん。ちゃんといるみたいだよ」

龍成はもう忘れるほど昔から、母を名前でしか呼ばない。綜馬が母の前で自分を取り繕うように、彼もまた母に何かしらの距離を置いているのだろうか。

だが弟のぼんやりした表情からその内心は読み取れないし、美保子は社会的に成功を収めている息子たちの心を探るような人ではない。

息子に母と呼ばれないことなど気にせずに、美保子は事実を確かめる。

「あなたは知っているの？」

「うん。たぶん」

半分目を閉じて卵の中身をスプーンでつついている弟と、母の顔立ちはよく見ると似ている。まるでそれが嫌とでもいうように、龍成はことさらに眠たげな顔をする。

「ピアノが趣味の人でしょ」

聞いていない顔をしていた弟が、静けさを保っていた水面にいきなり石を投げ入れた。

「兄さんにコンサートのチケットを頼まれたなんて、初めてだったもんね。すっごく良い席。あれ、その子にあげたんでしょ？」

美保子と綜馬に向けて、弟が逆光を背に指でＯＫサインを作った。

「どういうこと？　綜馬さん」

鋭くなる母の視線を受け止め、綜馬は腹に力を入れる。

余計なことを言い出した弟に面倒を感じるよりも、母と深い溝を作ってしまい、言い争うきっかけすら摑めない自分の前に、その機会を投げ出してくれたことを感謝した。

「まだ、お話しすることは何もありません」

「綜馬——」

美保子の威圧的な口調を押し返すように綜馬も声を強める。

「お母さん。少なくとも私は、森さんのお嬢さんと結婚するつもりは全くありません。あの人と私には人間として何の共通点もありませんから」

「綜馬、あなたは結婚を甘く考えているのじゃなくて」

「甘く考えているのではありません。ただ、結婚を事業だとは考えていないだけです」

静かに言い切ると、弟がいきなりヒューっと口笛を吹いた。

「お母さん。私は結婚を仕事とは思っていませんので、自分の好きな相手を選びます」

少しでも母らしい気持ちがあるなら、自分の思いを理解してほしい。

だが美保子は難しい表情をいっそう険しくした。

「あなたがそんなロマンティックな人だとは思わなかったわ。つまらない色恋より、銅ホールディングスでの立場を第一に考えてほしいわね」

弟の顔色が暗くなったが、綜馬は表情を変えずいた。この人に母親の役割を期待するのが間違いなのだから、これ以上失望することはない。

「男は案外ロマンチストなものです。お母さん。そこは私もお父さんに似ているのかもしれません。何といっても親子ですから」

この場にいない父の正成のことを持ち出すと、さすがに美保子が無言になる。

母に従わない兄が珍しいのだろう。弟が奇妙にきらきらした視線を向けてきたが、綜馬は知らぬ振りをする。

だがそれまで影でしかなかった真名の姿が自分の頭の中で温かい肉体を持つのを、綜馬は疼き出す熱と一緒に意識していた。

バーのカウンターで隣に座る真名を、綜馬はさりげなく窺う。肩に少しかかる髪はカラーリングをしないストレートの黒髪だけに、肌の白さが際立つ。

――言い訳じゃないよ、美保子さん。ちゃんといるみたいだよ。

――兄さんにコンサートのチケットを頼まれたなんて、初めてだったもんね。あれ、その子にあげたんでしょ。

性格も生き方もまるで違うのに、何故自分の行動が読めたのか。弟にはこの娘を見せたくないと、何故か綜馬は思う。

真名の可愛らしさをわかっているのは自分だけでいい。特にピアノという絶対の共通項がある人間を、真名と自分の間に入れたくはない。

内心では年甲斐もない自分の気持ちを持て余すけれど、余裕を装って真名の話に頷く。

最初の頃はさすがに遠慮がちだったものの、近頃は随分打ち解けてくれた。それどころか、真名のほうから近づいてきてくれていると感じるのは、思い違いではないだろう。うぬぼれで読み違えるほど、綜馬は女の気持ちに疎くはない。

「夏になったら縁日に行って、金魚掬いをしたいんです」

秘密を打ち明けるみたいに真名は、綜馬のほうへ身を乗り出して小声で言う。だんだん親しげになるさまが愛らしくて、胸の奥が痺れる。

「金魚が好きなの？」

「今、アパートで飼えそうなのが金魚だけなので」

真名はくすっと笑って肩を竦める。

さらさらとした髪を、指で耳の上に掻き上げる仕草が、女性らしい色香を漂わせる。

本人がそれと意識しなくても婀娜（あだ）っぽく見えるのは、こんな場所だからだろうか。

先日、銀露館に行ったときに、今度勉強がてら、バーに行こうと誘うと、真名は目を輝かせ無邪気に喜んだ。

――いつか大人のバーに似合うようなピアノが弾きたいんです。

そして今夜はあのサペルニコフのコンサートの夜のように、真新しいスカートを穿いてきた。

成熟した女性にはほど遠いが、その精一杯さが可愛らしく、綜馬の腹の奥を疼かせる。

薄暗い照明の下で見る彼女には、初々しい大人の色香が滲み、場違いには見えない。

「別に縁日で掬わなくても、ペットショップで買えばいいいんじゃないか？　そのほうが丈夫で気に入ったのが飼えるよ」

白い横顔に気を取られ、返事が上滑りになった。だが彼女は真面目に受け止めたらしく、くるりと綜馬のほうを向き、困ったように眉を下げた。

「それはそうなんですけど、縁日で掬ったっていうほうが、思い出深い感じがしませんか？」

いきなり真っ直ぐ見つめてきた目に浮かんだ艶に、綜馬は真名の心を読む。

「好きな人と二人で？」

笑いを含ませると、真名が瞼をぱっと伏せた。

「そうだったら、いいですね」

大人のからかいにも、きちんと返事を返してくるところが好ましい。

桜の花びらみたいに恥じらいで染まる瞼も、揺れる視線もみずみずしく、ずっと見ていたいと思う。仕事上で付き合いのあるモデルや女優のほうが、垢抜けて華やかなのは間違いがない。けれど綜馬には真名のほうがずっと愛らしく見える。

きっと彼女が、人を羨まず、自分ができることに一生懸命だからだろうか。

今日身につけているスカートは、初めて真名に会ったときの洋服に似ている。彼女にとって一世一代のコンサートに行くために買った新しいスカート。

バーテンダーが作ってくれたノンアルコールカクテルの美しさに目を瞠った瞳に、綜馬はパーティの夜に出会った真名を重ねる。

願わくば真名にとってサペルニコフよりも自分のほうが大事な存在であってほしい。嫉妬しても仕方のない相手にさえ対抗意識を燃やしてしまう。

「いつかサペルニコフのコンサートに行こうか、一緒に」

本当は縁日に誘いたいけれど――さすがに自分には不似合いな場所で、若い娘を口説いているように見られたくない。自分の立場を慮(おもんぱか)っているのではなく、真名をいい加減に扱っていると思われたくない。真名が年の離れた成金男の、慰み相手だと思われるのは心外だ。

今日はとても大切なお姫さまの付き添いだからと、酒を断る綜馬に、馴染みのバーテンダーがノンアルコールのヴァージン・マリーをカウンターに滑らせてくる。

「行けるといいですけれど……、今度いつ日本にくるかわかりません」

スカートの裾を引っ張って、真名は吐息をついた。

「だったらこちらが直接向こうにいけばいい」

綜馬の謎かけに真名はきょとんとしたあと、言葉の意味どおりに取って不器用に答える。

「銅さんと違って、私には本当に夢のまた夢です。宝くじにでも当たらないと」

そう言って笑う彼女に、遠回しの謎かけは通じないとわかった綜馬も、別の意味で笑う。

一緒に行こう、などと言えば、何故ですか？　と真っ直ぐに尋ねてくるに違いない。

銅の仕事にこじつけて誘う方法もあるが、そんな姑息なことをすれば、この娘は二度と澄んだ目で綜馬を見てはくれないだろう。

第一綜馬自身、無垢な原石を馬鹿ないたずらで汚すつもりは毛頭ない。手のひらで庇い、守り育ててやりたい。いい音楽を聴かせ、いいものを食べさせ、綺麗なものを見せて、この子の感性をもっと磨いてやりたい。今はまだ荒削りの原石だが、きっと輝く資質がある。

心当たりが全くないわけではない――母にそう言ったときから綜馬は真名を特別な存在として見るようになった。

感性だけではなく、外見もいくらでも磨いてやれる。パリまで行ってドレスなど作らなくても、髪形を整え化粧を施し、質のいい服を着せるだけできっと見違えるだろう。

自分が真名を変えていく喜びを、想像だけで終わらせたくはないと、綜馬は強く願うようになっていた。

綜馬の思いに気づくことなく、真名は秘密を打ち明けるように小声になった。

「私、サペルニコフのコンサートのチケットはちゃんと取ってあるんです。あのときは本当にがっかりしたけれど、あれから龍成さんのコンサートに行ったり、綜馬さんと知り合えたり、いいことばっかりで、あれは幸運のチケットだったのかなって思ってます」

「嬉しいことを言ってくれるね」

だが真名の言うとおり、あれが真名との縁の始まりだ。気の進まないパーティに出て真名に会ったのは運命なのかもしれない。そう考える自分は、母の言うようにロマンティックな人間なのだろう。

「そう言ってくれると、私も誘った甲斐があったよ。あの夜――」

コンサートではなく、自分に会えてよかったと言ってくれればいいのにと思うものの、真名がそんな世慣れたことを言う娘なら今こうしてはいない。

綜馬は自分の下世話な心の動きを隠して、ずっと気になっていたことを尋ねる。

「あの夜、代理の人が弾けなくなったから、コンサートに行かなかったって言っていたけれど、田部さんに頼まれたのかな?」

真名の親代わりの田部には、銀露館に顔を出すたびに不審な目で見られているのは感じている。綜馬が一人の男として真名に関心を抱いているのに気がつき、遠ざけたいと思っているのだろう。

親のように世話をしてくれた他人というのは、親より恋の障害になりやすい。子どもは親から離れるという自然の流れがあるが、近過ぎる他人では義理が邪魔をする。

真名を気にかける綜馬は、当然その周囲の人間も気になった。

田部は真名を手放してくれるだろうか。だが探ろうとする綜馬の思惑に勘づくことなく、真名は首を横に振る。

「いいえ。私がずっと楽しみにしていたのを知っていましたから、田部さんは行くようにと、何度も言ってくれました」

「でも、結局は君に弾いてもらったんだろう」

皮肉が交じったのは、田部への嫉妬めいた感情だが、真名は真剣な目で田部を庇う。

「私が無理に弾かせてもらったんです。あのパーティはもし失敗したら、銀露館が立ちゆかなくなるかもしれないくらいに、重要なものだったんです。銀露館は私にピアノを弾かせてくれる大切な場所です。だから弾かせてほしいって、私からお願いしたんです」

　真名はきっぱりと言った。口にはださないが真名の判断は正しかったと、綜馬も思う。森父娘がその力を間違った方向に使う人間なのは、綜馬は知っている。

「あの日のことは私が決めたことです。田部さんは仕事には厳しいですけれど、理屈に合わないことを押しつけてきたりはしません」

「……そうか。田部さんは君の親代わりだったね」

「はい。私のことを小さい頃から娘みたいに面倒を見てくれて、高校を卒業するときも、学費を援助するからと進学を勧めてくれたぐらいです」

「進学は音楽関係かな？」

「はい、音大です。でもプロになろうと思ったんじゃないんです。自分の力はわかっていますから」

　急いで付け加えた言葉に謙虚さと恥じらいが滲み、綜馬の心をくすぐる。

　綜馬の周囲は自分の力を誇示したがる人間ばかりだ。強い風に吹かれるのに似た毎日は、皮膚の裏にまで疲労を溜める。真名の奥ゆかしさは綜馬の疲れた神経を優しく撫でてきた。

「法学部に行く人間が皆、法曹関係に進むわけじゃない。音大を出たからといってプロにならなくても別におかしくないだろう。むしろプロになれる人のほうが少ないんじゃないのかな？」

綜馬の言葉に真名は、ああ、と肩の力が抜けた顔をした。

「……そうですね。そう考えればよかったんですね……」

呟くように言って真名はふーっと息を吐く。

「私、なんだか音大に行くことをすごく重く考えてました。ピアニストになろうと考えたんじゃなくて、ピアノの先生になりたかったんです。子ども向けの教室で講師になるにしても最低限、音楽教育課程の修了が必要だったので」

「そうか……」

真名の顔に浮かんだ微かな後悔に、綜馬は胸が痛む。

実の親がいれば、遠慮なく叶えられただろう願いが、他人が絡んだだけで成果を出さなければならない重たい約束になってしまう。

十代の真名には辛い選択だったに違いない。そのとき自分が真名の側にいたなら結果を求めることなく、チャンスを与えてやれたのにと思わずにいられない。

けれど、今ならまだ間に合う。自分はもう背負ったものが多過ぎて走る道を変えることはできないが、この子は違う。今ならいくらでもやり直せる。

好きなことをするという、自分にはできなかった夢を与えてやれる。

図らずも自分が手に入れた力で、この子を作り替えてやりたい。

急にこみ上げてきた感情を押し殺すことが難しくなり、綜馬は唐突にスツールを降り、話を打ち切った。

「アルコールのある場所に長居をさせると、田部さんに叱られるね。そろそろ送るよ」

唐突に会話を切られて驚いた真名は目を見開いたものの、スカートを押さえながら淑やかに椅子から降りて、綜馬に従った。

帰りの車の中で、真名はバーテンダーの手際の素晴らしさを楽しそうに話す。

「それはよかった。じゃあ二十歳になって、アルコールが解禁になったら、また連れて行ってあげよう。今度は本物のカクテルを飲みにね」

綜馬の前約束に真名が小さな歓声を上げて、嬉しそうにシートベルトを握りしめた。なにげない仕草の一つ一つが愛らしく、綜馬の胸に甘い記憶として積み重なる。

「ついたよ」

真名が暮らすこぢんまりしたアパートの前に綜馬が車を止めると、「ありがとうございます」、と真名は自分からシートベルトを外す。

俯いた拍子に髪が少しだけ綜馬の肩に触れ、柑橘系の微かな香りがふわりと流れてきた。

消えそうな淡い香りはパフュームではなく、コロンかトワレだろう。それでも普段の真名からこんな香りはしないから、今日は連れて行かれる場所を考え、特別に大人の女性の装いを意識してつけてきたらしい。

真名の髪が揺れるたびに、ほのかな香りが綜馬の鼻孔をくすぐる。

もう、装いだけではなく、本当に大人になってもいいはずだ――。

「真名」

車から降りようとするとする真名の手を、綜馬は考えるより先に押しとどめた。

「はい？」

見上げてきた真名の、問いかけるように開いた唇に綜馬は唇を近づける。

「え？　銅さ……」

言い終わらないうちに、綜馬は真名の唇を自分の唇で塞ぐ。

さすがに真名はびくりと身体を震わせたが、離れようとはしない。

強ばった身体を引き寄せ、背中を撫でて唇を舌で割る。嫌がりはしないけれど、舌を絡めてくることも知らずに、けほっけほっと喉の奥で咽せて、胸を揺らした。

唇をとくと、綜馬の胸に額をつけて激しく咳き込む。

「す、すみません」

咳の合間に謝る背中を撫でて、綜馬は笑いをかみ殺し、咳が収まった真名の頬に触れた。

「あのね、キスされているときは鼻で息をしなさい」

一瞬で真っ赤になった真名に微笑みかけ、もう一度軽く唇に触れた綜馬は車のドアを開けて真名を解放する。

「おやすみ、またね」

綜馬が車をUターンさせても、いつものように頭を下げることもせず、呆然と立ちすくむ真名をミラー越しに見た綜馬は、笑いを抑えることができなかった。

8　強引な狂想曲（カプリッチオ）

唇の感触を思い出すたびに、身体の芯がきゅっと縮まるようないたたまれなさがこみ上げてくる。指先が冷たいのに頭はのぼせているという熱に浮かされた状態で、真名はピアノを弾いていた。

指が滑って仕方がないのは、それもこれも昨夜の綜馬のキスのせいだ。

ごく自然に落ちてきた唇に、口腔を優しく犯した舌。

慣れていた綜馬に対し、あまりに慣れていない自分の対応は、それが真名のファーストキスであることを彼に知らせる結果となった。

——キスされているときは鼻で息をしなさい。

笑いを含んだ声を思い出すと、顔から火が出るほど恥ずかしい。今どき十九にもなって、キスが初めてってどう思っただろう。

(心の準備もなかったんだもの……ちょっと狡い)

胸の中で少し拗ねながらも、綜馬の気持ちがわからないことに、真名は焦れる。

何故綜馬は、自分にあんなことをしたのだろう——。普通は好きな相手にするものだけれど、綜馬が大人過ぎて、「私のことが好きだから？」なんて、絶対に聞けない。

まるで恋人みたいな声で「真名」と呼ばれた気がするのは、空耳だろうか。

薄明かりの中で赤くなったり青くなったりしながら、真名はなんとか演奏を続ける。

調子が戻らないままその夜の仕事をこなし、ぐったりした真名は着替えに手間取った。

「真名ちゃん。ちょっといいかな」

ぼんやりしすぎたらしく扉をノックする音に気がつかず、外から聞こえてきた田部の声に真名は飛び上がった。勢いで返事をし、服を整え扉を開けて、田部一人ではないことに驚く。

「あ……」

田部の隣に、品のいい女性が立っていた。年齢は田部と同じぐらいで、肩の触れ合う距離が、ただの知り合いというにはあまりに近い。

この女性が噂の、田部のパートナーになる人だと気がつき、真名は頭を下げる。

「正式に場を設けて紹介しようと思ったんだけれど、この人がそんな年じゃないって恥ずかしがるからね。とりあえずはスタッフのみんなに、挨拶だけしておくことにしたんだ」

面はゆい表情の田部に比べ、彼女のほうは落ち着いた笑みを真名に向ける。

「初めまして、柚木さん。私も少しピアノを弾くので今度ゆっくりお話しできると嬉しいわ」

「そうだね、きっと真名ちゃんとは話が合うよ」

田部が嬉しそうな顔をした分だけ、真名の気持ちは何故か沈んでいく。

二人の支え合う姿が、温かく銀露館の明かりに照らされる。真名の大好きな銀露館のオーナーとそのパートナー。年齢を重ねた男女が醸し出す落ち着きと、滲み出る互いへの思いに、真名は激しく心が揺さぶられた。その場からはじき出されたような気がして、挨拶もそこそこに銀露館の裏口を出た。

やっと田部が幸せになるというのに、心狭くもやもやしているのは何故だろう。自分の心に黴（かび）がびっしり生えてしまったみたいで、息苦しい。

（あの人もピアノが弾けるんだ……銀露館でも弾くのかな……）

そうしたら本当に自分の居場所はなくなる――。

重たい気分で梅雨空を見上げながら傘を開こうとした真名は、薄暗がりに立つ人に気づく。店が閉まるこんな時間に何をしているのかと思いながら目を凝らすと、その男性が街灯の下に身を乗り出してきた。

すらりとした長身に背中にかかる明るい茶色の髪、繊細さを表すシャープな顎に真っ直ぐな口元、形のいい目はいたずらっぽい色を浮かべている。

見るからに華のある雰囲気に真名は心を奪われたが、次の瞬間声を上げた。

「龍成さん！」

正解、というように男性がぐっと親指を突き出して片目を瞑った。

いったいどういうわけで、あの〝龍成〟が目の前でコーヒーを飲んでいるのか。真名は夢うつつの気分で、垢抜けた仕草でコーヒーカップを扱う長い指に見とれた。

「どうかした？」

龍成に声をかけられて、真名ははっと我に返る。

「……あっと……ええと……どうして龍成さんがここにいらっしゃるんですか？」

「君に会いに来たって、さっき言ったでしょ」

龍成の口調はあくまで軽い。

店の出口で「柚木真名ちゃんだよね。君に会いにきたんだ」と言うなり腕を取られ、否応なく深夜営業のカフェに連れてこられた。

「ですからあの、どうして？」

「うん、コンサートで一目惚れ。君、僕のコンサートに来てくれたでしょ。席は五列目センター、シート番は一階五列目の二十二番」

ぎょっとして真名は龍成をまじまじと見た。

あのときのチケットは龍成が工面したのだろうから、番号を覚えているのは不自然ではないが、どうして自分の顔まで知っているのだろう。

訝しいのと、誰かと間違っているのではないかという疑いが交じり合って、真名は黙り込む。だが龍成は気にせずに軽やかに先を続ける。

「ごめん、冗談。ほんとはあの堅物の兄が好きになった子の顔を見に来たんだ。秘書の皆月さんから君のことを強引に聞き出したんだけど、あの人、口が堅くて大変だったよ」

自分を褒めるように一人で頷く龍成を真名はただ見返すしかできない。

「どうしたの？　おかしな顔して。僕が彼の弟だってことまさか聞いてないの？」

「いえ……あの、銅綜馬さんの弟さんだとは伺っていますが……」

「ならよかった。銅ホールディングスがバックにいるって言うと、自分の実力にケチをつけられそうで内緒にしてるんだ。家族のことを聞くインタビュアーも雑誌社も二度と会わない。出入り禁止！　ってやってる間にオフレコになっちゃって、とっても快適なんだけどこういうときは困るよねえ。信じてくれてよかったよ」

まるでいたずらっ子みたいにくるくると表情が変わる彼はあまり綜馬には似ていない。天才ピアニストという肩書きを考えなければ、綜馬より話がしやすい雰囲気だ。

「……それはいいんですが……あの、好きな子ってどういうことですか？」

「そのまんまだよ。兄は君が好きなんだそうだ」

まるで食べ物の好みでも話しているようにけろりとした表情で龍成は言った。

「まさか！」

　確かに綜馬は親切にはしてくれるけれど、あんな大人の男性が自分のような小娘をそういう感情で見ているはずはない。そこまで深い意味はないはずだ。

「つまんない嘘を言いにここまで来るはずないでしょ。兄は相当君に惚れてるよ。あの母に向かってそう言ったぐらいだからね。まさか兄が誰かを好きになるなんて思わなかったなあ。子どもの頃から優等生で、いっつも冷静で、仕事の虫ときてる。その分人間味に乏しくてね、どうにも煙たい存在だったんだけど、今回のことでは見直したんだ」

　滔々と語るその口元を真名は見つめるしかできないが、龍成は楽しげに続ける。

「まさかあの兄が騙されているとか、手玉に取られているとは思わなかったけど、君が素直で可愛い子だってわかって安心したよ」

　不意に真面目な表情になった彼の雰囲気は綜馬に似ていて、血の繋がりをかいま見せる。

「これでも僕の耳はプロ。ピアノを聞けば人柄はだいたいわかる。君のピアノ、なかなかだよ」

「まさか、私の演奏を聞いていたんですか！」

「そうだよ。わざわざそのためにお店に行ったんだから、当たり前でしょ」

「でも……今夜のピアノを聞かれたなんて、恥ずかしくてもう、なんていうか……」

　いったい龍成はどこにいたんだろう。そんなに広い店でもなく、しかもこんなに目立つ人なのに全然気がつかないなんて、よっぽど上の空で弾いていたに違いない。

　真名は、消えてしまいたい気持ちで椅子の中で縮こまったが、龍成はあくまで上機嫌で指で拍子を取りながら話を続ける。

「そんなことない。いい演奏だったよ。真名ちゃんの性格がわかるね」

「性格……ですか？」

　そういえば綜馬も「ピアノは弾き手の心が現れる」と言っていた。やはり兄弟だから根のところは似ているかもしれないと思いながら、答えを待った。

「基本に忠実で鍵盤に正しく指を置いて、ピアノを丁寧に扱う、いい音の出し方をしている。変な癖もないし性格が素直なのがわかる、兄さんが真名ちゃんを可憐だって思ったのは、たぶん間違いないよ。聞いている人を嫌な気持ちにさせない」

　ピアノについて話す龍成の口調はあくまで真面目で、やはりこの人はプロなのだと感じさせる真摯さが滲んだ。

「ピアノを聞けば人柄はだいたいわかる。演奏には素の心が出るからね。たとえば僕なんかは絶対素直に弾けない。今日こそは心清らかに弾こうと思っても、曲に捩れた心を乗せてしまうんだ。聞いている人の感情を爆発させるために、わざと焦らせる。クライマックスを待つ聞き手がいらいらして怒った気配を僕にぶつけてくるのが、結構楽しくてね……だけど君のピアノは素直でいいね。何を思って弾いているかがよくわかる」

今日は指が滑って思い通りに演奏できなかったけれど何がわかったのだろう。尋ねるように龍成を見た。

「さっきの演奏はどきどきしているような、困っているような、初な感じだね……好きな人のことを考えていた？　ベッドの中でのこととか」

「ベ……ベッ……」

さらりとした口調に下世話な感じはなく、真名に嫌悪を抱かせない。むしろこの人の耳はどこまで聞き取ることができるのかと、真名は恥ずかしさを忘れて尊敬の念すら抱く。

「だから言ったでしょ？　僕の耳はプロ。で、兄と寝てみてよかったんだ」

「そんなことしてません！」

あからさまな言い振りに真名は反射的に叫び、今度は龍成が驚いた顔をした。

「え？　まさか、まだやってないの？」

思わずぶんぶんと真名が首を振ると、龍成が空を見つめてため息をついた。

「こりゃあ、また兄さんも重症だ。よっぽど本気なんだねえ、真名ちゃんも真剣に考えてあげてよ。おじさんだから若い真名ちゃんに、なかなか言い出せないんだと思うよ」

真名はただただ頬を赤く染めたまま、そこに座っているしかできない。

この人の言っていることは本当なの？

本物の龍成が目の前にいることさえ信じられないのに、綜馬が自分を特別に思ってくれているなんて、どうやって信じたらいいのか。綜馬の気持ちを知りたいとは思ったけれど、龍成の言葉を真に受ける自信がどこにもない。

自分の知らない間に激しい渦に巻き込まれ、押し流されていくのが怖い。次々に与えられた情報で混乱する感情に、折り合いがつけられなくて、吐き気すら覚える。

綜馬のことは好きだし、一緒にいると守られているような気持ちになる。両親を亡くし兄弟もなくひとりぼっちの真名にとり、年の離れた綜馬は、失った全ての役割を引き受けてくれそうな人に思えた。

だが、もちろんそれだけではない。

この間キスされたときも、嫌ではなかった。恋人にだってなれるのかもしれない。だったら龍成が教えてくれた綜馬の気持ちを素直に受け取ればいい。

けれど、真名は重大なことから目を逸らしている自分に気がついてしまった。

――兄は一応銅の跡取りで、結婚話がないわけじゃないんだ。

綜馬は銅の後継者で、龍成が別の道を選んでいるからには、銅ホールディングスを支えるのは綜馬一人の仕事だ。結婚も有利な条件でしなければならないのだろう。たとえば、あのときパーティの主役だった人のような相手と。

惨めな気持ちでピアノを弾いたあのパーティで、綜馬とワルツを踊っていた女性を真名は思い浮かべる。高価な服装が似合い、場慣れした華やかなカップルだった。綜馬はああいう世界の人なのだ。

それにまだ真名は、自分のことで精一杯だ。

恋はしたいけれど、他人の人生まで自分のものとして考えられない。

こんな自分が、綜馬のような立場にいる人と生きていくなど、土台無理に決まっている。

綜馬と自分のレベルが釣り合わないことなど、最初からわかっていた。

「どうしたの？　黙っちゃって——もしかして兄さんのこと、遊びとか？」

考え込む真名の顔を龍成が覗き込んでくる。

「まさか……そんなつもりはありません……」

「だよね。でも若い子におじさんが遊ばれるってあるからね。真名ちゃんの演奏を聴くまではちょっと心配したんだ」

龍成は、真名が考えたこともない恋の策略を口にして、悪気なく笑う。

「真名ちゃん、いくつ？　お店で見たときは二十歳を過ぎてると思ったけど……こうしてみるともっと若い？」

「あ……十九です」

ワァオ、とフシをつけた音楽的な感嘆が上がった。

「じゃあ、高校を出てからすぐに銀露館でピアノを弾いているの？」

「あ……はい」

真名は、いたたまれない気持ちで俯く。

奔放な演奏で知られる龍成だが、幼い頃から正統派の音楽教育を受けている。コンクールで賞を得たあとは、伝統を誇るヨーロッパの音楽学院に自力で留学も果たした。クラシック奏者としては理想的な王道を歩んできた人だ。

そんな龍成が、ろくな教育も受けていない自分がしたり顔でピアノを弾くことをどう思ったのか。若いだけが取り柄の女が、兄と付き合うことをどう感じるのだろう。

決して好意的には思わないのではないだろうか。

「そっか。早くから人前で弾くのも一つのやり方だよね」

だが龍成は真名の懸念をさらりと流した。

言いたいことを言っているようで、芯のところは優しいのかもしれない。真名は少しだけほっとする。

「でも、十八からお酒を出す場所でピアノを弾くっていうの、ご両親は心配しなかった？　もちろん銀露館はいいお店だけれど、親ってつまらないことを気にするじゃない。特に真名ちゃんは可愛い女の子だし」

「いえ、両親はもういません。父は小さいときに、母は高校のときに……。今は一人です」

隠し事をして綜馬を騙していると思われたくなくて、真名は早口で一気に言う。だが龍成は本当に申し訳なさそうな表情になり頭を下げた、

「ごめん――真名ちゃん。会ったばっかりなのに、変なこと聞いちゃった」

「いえ……、別に。一人なのは本当のことですし、銀露館ではみんなが知っていますから」

真名は首を横に振って、ぎこちなく笑って見せる。

龍成は「女の子の身上調査しちゃって、最低」とまた謝ってくれたけれど、胸に投げ込まれた重い石は消えない。

もし、龍成の言うように、綜馬が自分のことを気に入ってくれているとしても、自分と綜馬は釣り合わないことを、まざまざと思い知らされた。

悪気はないのだろうけれど、龍成は最初から真名の両親が健在だと思い込み、高校を出てすぐに仕事としてピアノを弾いていることが、不思議そうな口調だった。龍成にとって、趣味ではなくピアノを弾くならば、大学か専門的な機関で教育を受けたりレッスンをしたりすることが当たり前で、それが叶わない環境というのが想像できないのだろう。

龍成がそういう世界の人ということは、綜馬も同じだ。真名と綜馬は住む世界が違う。

綜馬は銀露館の客になる人で、真名はピアノを弾く側の人間。その間にはとても深い、渡ってはいけない河がある。

渡ろうとしたら、きっと溺れるに違いないと、真名は身体の芯が震えた。

もう綜馬には会わないほうがいいのかもしれない。綜馬は違う世界の住人が面白いだけなのだ。

女性をからかう人とは思えないが、大人だから腹のうちはわからない。

でももし、自分の毎日から綜馬がいなくなったらどうだろう――想像した真名は、さっきの震えと違う、身体を捩るような切ない気持ちに襲われ、逃れるように固く目を瞑った。

9　決意の奏鳴曲(ソナタ)

朝食の席につこうとした綜馬は、一瞬座るのをためらった。

ふらりと日本に舞い戻った龍成と、これまた海外視察を終えた美保子はともかく、何ヶ月振りかで父の正成がいた。家族揃って食卓を囲むなんて、何年振りだろうか。

銅の家は地下室のある堅牢な三階建てだ。そのうえ、龍成がピアノ、正成がバイオリンと楽器をたしなむせいもあり、防音がしっかりしているので、人の出入りが容易にわからない。いつものことだが、父や弟が来たこともわからない家は家と言えるのか。

(俺は家族の帰宅ぐらいわかる家がいいな)

立ったまま綜馬はふとそんなことを考える。

「おはよ、兄さん。今日は拉致じゃないよ。兄さんの顔でも見ようと思って来たんだ」

「どういう風の吹き回しだ」

弟の気まぐれは今に始まったことではないが、それでもこの場の雰囲気を乱してくれたことはありがたく、平静を取り戻した綜馬は両親に作り笑顔を向ける。

「おはようございます」

挨拶にさえ心の準備がいる関係に、内心ため息をつきながら、綜馬は自分の席についた。

「綜馬さん」

眩しい日射しが差し込む食堂に、美保子の声が鋭く響く。一呼吸置いてから、綜馬はゆっくりと母に顔を向けた。

「はい、何か」

「帰国したとたんに森さんから電話があって、玲奈さんとのお話を正式に進めてほしいということなのだけれど。それで正成さんにもきてもらったのよ。できれば今日中にご挨拶に行こうと思っているの」

おはようでもなければ、最近はどう？　というねぎらいでもないことには慣れている。だが慣れていることと、聞き流すことは別だ。砂を嚙むような味気なさがわき上がる。

それでも綜馬は、強烈な意志でその感慨をやり過ごす。

「それは前にお断りしました」

「そうね。けれど、先方はどうしてもと言って来ているし、悪い話ではないわ。あなたも特に他の方と結婚する予定もないようだから、一応進めようと思うの」

綜馬は、梅雨明けの日光が脳髄まで刺さる錯覚に、頭の芯が焦げる。

この人はいったい自分を何だと思っているのだろうか。

だが綜馬が反論する前に龍成が割って入った。

「美保子さん、駄目だよ。この間の話忘れちゃったの」

　わざとらしいぐらい明るくて屈託のない声だったが、明らかに責める色があった。

「兄さんにはもう好きな人がいるからね。前にもそう言っていたでしょ？　美保子さん。年のせいで記憶力が悪くなった？」

　さらりと皮肉を交ぜても、嫌みにならない愛嬌がある弟が、綜馬は羨ましい。

「龍成」

　弟が言い出したことを中途半端にしないことを知りながら、綜馬は建前として止めた。

　奔放に育った弟が、この場をどう乱すのか見てみたいと、綜馬は他人ごとのように思う。たとえ最後に片付けるのは自分だとしても、この他人めいた家族関係には起爆剤が必要だ。

「いいじゃない、兄さん。隠すような年じゃないし」

　案の定、龍成は自分から美保子を挑発する。

「本当にいるの？　誰かしら？」

　美保子もさすがに龍成の気質は飲み込んでいる。嫌みは言っても決して本心を見せない長男とは逆に、龍成からは真実を引き出せることも知っている。

「柚木真名、ごく普通のお嬢さん」

　美保子の柳眉が逆立ち、我関せずと言った様子でいた正成が、初めて表情を動かした。だが一番驚いたのが綜馬だった。

「知っているのか？　龍成」

「もちろん。僕の情報網を舐めちゃいけないよ、兄さん。もう会ったよ」

「龍成……いつ……」

　驚く綜馬にかまわず、機嫌よく龍成は続ける。

「可愛いし素直だ、何よりいいピアノを弾く。綺麗で汚れてない。ちょっとまだ子どもっぽいけどね。そこがいい」

「おまえ、彼女のピアノを聞いたのか？」

　もうそこまで知っているのかと、驚くのを通り越して感嘆さえ覚える。

「もちろん。将来の家族だもん。チェックしとかないと。外面は可愛いけど中は真っ黒かもしれないじゃない。兄さんが騙されてるといけないからね。心配で放っておけなかった」

　しかめ面で言ってから、龍成は声を上げて笑う。

「ぜーんぜん心配なかった。中も真っ白。兄さんが思っているより、たぶんもっといい子。兄さんのこと思いながらどきどきしてピアノを弾いてたよ。可愛いね」

　いかにも楽しげな龍成に、綜馬は毒気を全て抜かれてしまうが、美保子が綜馬を現実に引き戻す。

「どういうこと？　綜馬さん」

　いつかは言わなければならないし、どうせなら家族が揃っていたほうが、都合がいい。

迷っていた気持ちを、降って湧いた機会が後押しする。

それに、たとえばらばらな家族でも、隠し事はしたくなかった。

綜馬は覚悟を決め、それぞれの顔を見回す。

「龍成の言ったことは本当です。お母さん、お父さん」

綜馬は、不思議な目の色を見せた父親を見返す。

「私が好きな人は、今、龍成の言った人です。柚木真名さん、年齢はもうすぐ二十歳で、銀露館というダイニングレストランでピアノを弾いています。森玲奈さんのパーティで知り合いました」

最後のフレーズに綜馬は、微かな毒を含ませずにはいられなかった。

「彼女がとても若いので結婚はまだ申し込んでいませんが、それでも学生ではなくもう社会人です。特に支障はないと思っていますので、いずれ申し込むつもりでいます」

ひゅっと龍成が口笛を吹くのを、美保子が鋭い目つきで遮る。

「それは承知できないわね。だいたい知り合ってから、まだ四ヶ月ぐらいじゃないの」

「森さんのお嬢さんよりはよく知っていますよ。それに、承知できないと言われても、私はもう充分に自分の判断で結婚できる年齢だと思いますが」

綜馬は〝信じられない〟という気持ちを、わざとらしく声に乗せる。

「あなたは銅の跡を継ぐわ。それに相応しい縁組みが必要よ」

不穏に目を光らせた龍成が何かを言い出す前に、綜馬が静かに口を開いた。

「お母さん、おっしゃるとおり私は銅の跡取りです。それはわきまえて、自分なりに努力もしているつもりです。お母さんの築いたものを駄目にする気などありません。私は銅の歯車の一つに過ぎないことはよくわかっていますし、これからもそのつもりでいます」

不出来な部下を見るような母の顔を、綜馬は堂々と見返す。

「お母さんが私の絵筆を捨てたときから、私は銅のために生きてきました。ですが私は二度と、お母さんのために夢を捨てるつもりはありません」

美保子が言葉を飲み込み、正成と龍成が表情を消す。

龍成が音楽の才能を芸術性の豊かな父から受け継いだように、綜馬には誰もが認める絵の才能があった。中学生の頃にはジュニア対象のコンクールなら、ほぼ大賞を得た。大人に交じっても奨励賞程度は受賞するようになり、教師にもそちらの道に進むようにと言われたくらいだ。

――将来銅ホールディングスを継ぐ息子に、余計なことを吹き込まないでほしい。

学校に乗り込み、美術教師に詰め寄った母はその勢いで龍成に画材を全部捨てさせた。

ゴミ袋に次々に詰め込まれる絵の具にパレット、スケッチブック。ポリエレンの袋を突き破って飛び出した使いかけの絵筆は、まだ湿っていた。歯を食いしばって泣くのをこらえて最後に絵筆に触れた感触は、今でも指先に残っている。

「絵なんかで食べていけるわけないでしょう」

美保子の口調は、あのときと同じように綜馬を傷つける。けれど、傷つくだけの年齢はとうに過ぎている。真名に出会った綜馬は、絶望を味方につけて、強くなる方法を手に入れた気がする。

「そうでしょうね。けれど私自身の生活は私の絵筆で描きます。誰にも指図はされません。自分の決めた人と、自分だけの城を造ります。銅とは関係のない、私だけの城を造ります」

家族の誰も聞いたことがないほど、強い決意に満ちた声に、美保子でさえ口を差し挟めない。

「私はその相手として柚木さんを選びました。私が自分の権利として決断したことで、誰の了承も要りません」

「綜馬さん——真名って人は銅ホールディングスに妻になれる器なのかしらね」

「お母さん、私の言うことを理解していただけないようですね」

綜馬は優しい微笑みを唇に浮かべ、母を他人行儀に見返す。

「私の家庭は私の城で、銅ホールディングスのものではありません。私の妻になる人は、銅ホールディングスの利益になる必要などないのです」

綜馬がこれほど冷静に銅というしがらみを切り捨てのは初めてで、美保子がいつもの冷静さを失った。

「でもその彼女が承知するとは限らないでしょ。あなたが思うほど女は甘くないわよ。あなたが銅には何の関係もないって言えばその子はあなたに価値がないって思うんじゃないかしらね？　銅ホールディングスの銅綜馬だからこそ、相手をしているのじゃないかしら」

「美保子さん！　何それ！　言っていいことと悪いことがあるでしょう」

龍成が立ち上がり食ってかかるのを、綜馬が静かに押しとどめる。

「お母さん、女性が甘くないというのはおっしゃるとおりでしょう。でもだからこそ、ただの銅綜馬という三十男の嫁になってくれる覚悟のある人を、私は選んだつもりです。あの人はきっと大丈夫だと思います。とても思い切りがよくて……周りに優しい人ですから」

出会いの夜のきっかけを思い出し、綜馬は口元に笑みを浮かべる。

「それに、もし断られたら断られたで、また別の人を探します。私の城に似合いの女性を迎えたい。いずれにしても私とお母さんが望む結婚は違います。それだけはわかっていただかないと」

「綜馬さん、あなたがそんなに道理がわからない人だとは思わなかったわ」

初めて思い通りにならない息子に、苛立つ美保子を綜馬は微笑んだまま見返す。

銅という名前のためにいろいろなものを諦めてきた、もちろん手に入れたもののものある。手に入れたものを使い、失ったものを取り返したいと思うのは当たり前だろう。

何を言われても、この件に関してだけは譲るつもりはない。

「美保子」

意外なことに次に口を開いたのは、綜馬でも龍成でもなく、それまで置物のように無言で座っていた父の正成だった。綜馬によく似た端正な容貌は男性的だが、醸し出す雰囲気は穏やかで柔らかい。

美保子は思考を遮られた苛立ちのまま、鋭い目を夫に向けた。

「いいんじゃないのか？」

その場にいた誰もが驚く。正成が妻に反対意見を述べるなど、聞いた記憶がない。

「その柚木さんという子が銅の家に相応しいかどうかということより、綜馬がその子がいいと決めたんだ。私たちにとやかく言う権利はないよ」

「そんな、私たちは親ですのよ」

苛立ちながらも美保子が他人には見せない、女性特有の甘えた表情を浮かべる。綜馬は美保子のその顔に胸を衝かれた。

こんな間柄になってもやはり夫婦なのだ——その絆が羨ましく、自分も欲しいと願う。

「親？　私も君も、綜馬の親だと言えるのか？」

だが正成の整った唇は、美保子の無意識の甘えを突き放す歪んだ笑いを描く。

「……あなた」

「君は綜馬の上司でしかないし、私は綜馬をこの世に送り出しただけの人間に過ぎない。

君が綜馬に命令できるのは仕事上のことだけだし、私に至っては何もない――綜馬」

正成の声がいつもの穏やかなものに戻り、綜馬を優しく見た。

「君の人生だ、後悔しないように。君だけの幸せな城を造ることを願っているよ」

息子を励ますというより、父の言葉には大人の男性への尊敬がこもっている。父がもう自分を一人の男として認めてくれているのを知り、綜馬は素直に感謝する。

「ありがとうございます。そうできると思います」

綜馬は自然に浮かんだ笑みを父に返してから弟と母を見つめる。

心配そうな龍成の目と、未だ納得していない母の顔。

ばらばらの家族でありながら、こんなときだけ自分を縛り付ける家族という足かせ。

一刻も早くここから抜け出し、あの優しく素直な娘と二人、自分だけの城を造ろう。

綜馬は改めてその思いを強くしていた。


「理由をお聞かせください。その内容によってはお聞きできません」

インターフォン越しに流れてくる冷静な声に、執務室の机の前で綜馬は言葉を飲んだ。

皆月が仕事上で逆らうことは珍しく、不意を衝かれた。

「どういう意味だ」

「申し上げた言葉どおりです」

今夜にセッティングされた森親娘との会食の件で、断りを命じた返事がそれだった。

この予定は、今朝綜馬と揉めた母が強引にねじ込んできただけだ。何ヶ月も前から決まっていた卒業パーティとは違い、断っても角は立たないはずだ。

苛立ちをこらえながらインターフォンを切り、隣の秘書室の扉を開けた。いつもと変わらず平静な皆月に向かい、綜馬は同じ問いを繰り返す。

「どういう意味だ？　この会食は、社長が今朝急に入れてきたことは君も知っているだろう。君の独断で断ってくれてもいいぐらいだ。君はいつから社長の秘書になった」

苛立ちが皮肉になったが、皆月は静かな目で見返してくるだけだ。

「皆月、言ったとおりにしてもらえると、俺も時間の無駄をしなくてすむんだが」

「会食を断ってどこへいらっしゃるのですか？」

「君に教える必要があるのか」

切り返しが子どもじみても、皆月は冷静さを失わない。

「関係はあります。確かに今夜の会食は社長が急に入れてきたものですが、大事な仕事の一つです。急にキャンセルをする正当な理由がなければ、私も秘書として、聞くわけにはいきません。私の仕事の目的は銅ホールディングスのためであって、専務個人の都合を優先させることではありませんから」

二人きりなのに、あえて「専務」と呼んできた皆月の視線が、綜馬の心の奥を抉る。

「皆月……」

綜馬は一呼吸置いて、落ち着こうとした。皆月はこの先も自分の側から離すつもりはない。何かを察して反対しているようだが、どうしても味方になってもらう必要があった。

「社長は、俺と森の娘の結婚話を独断で進めようとしている。俺は彼女と結婚するつもりはない。社長にははっきりとそう言ってある。こんなだまし討ちのような手は卑怯以外のなにものでもないだろう？　違うか」

説明していると、やはり気持ちが昂ぶってくる。

ここまでして息子を自分の思い通りにしたいのか。腸がちぎれるような哀しみに似た怒りが前後を忘れかけさせる。綜馬は身体中の力を振り絞るようにして、声を抑えた。

「今、森親娘と会えば、結婚話を了承したことになる。それはできない。仕事はするが、結婚はしない。社長に俺の結婚まで決める権利はない」

皆月はすっと一度だけ目を細めてから、頭を下げる。

「わかりました。ご命令のとおりにいたします」

「ありがとう」

一端言葉を切った綜馬に、皆月はその先を促す目をした。

「だが結婚はするつもりだ。社長とは関係ない相手と」

「すでにお相手がお決まりでしょうか」

仕事の決裁でも仰ぐような聞き方に、綜馬は気張っていた肩の力が抜ける。

「これから申し込みに行く。成功を祈ってくれ、皆月」

綜馬は少し笑ったが、皆月は笑い返さずに重たく口を開く。

「お相手を聞いてもいいでしょうか」

「いずれわかることだからかまわない。柚木真名さん。覚えているだろうか？　銀露館で会った人だ」

「はい。サペルニコフのコンサートの彼女ですね」

予感があったのか、皆月は淀みなく応えたものの、何か言いたげな顔をする。

「何だ？　君も反対するのか」

軽く言おうとした言葉が弾まなかったのは、皆月の視線が硬いせいだ。

「気まぐれなら賛成できません」

「……どういう意味だろうか？　俺が気まぐれで結婚すると思うか」

「それは私にはわかりません」

皆月の知的な目の奥に滲む憐憫に似た色が、綜馬の気持ちを逆なでする。

「わからないなら、余計なことを言うな」

「……あなたのお気持ちはわかりません。ですが、柚木さんはまだとても若い。それだけはわかります」

「それがどうかしたか？　彼女が若いのは、君に言われなくても知っている」

「彼女はまだ、自分のこともよくわかってはいないでしょう。翻弄するのは可哀想です」

「それはつまり、彼女が俺に相応しくないということか？　銅ホールディングス次期社長の妻には向かないということか」

母との平行線だった会話を思い出し、思わず声に力が入る。

「俺は彼女にそんな役割を期待していない。俺の妻はただ俺の妻でいてくればいい。銅ホールディングスは関係ない」

「彼女がそれを理解するには、若過ぎると言っているのです。他人と人生を伴にするという重さに耐えるには、人生の積み重ねが必要です。あなたのように重いものを背負っている方の側にいるなら、特に」

綜馬はしばし皆月の顔を見つめ、皆月もまた同じように静かに見返してくる。

「俺が彼女にそれを教えられないと言うことか」

「結婚は一人の努力で成り立つものではありません。そういう意味では仕事と同じではないでしょうか」

「……君はまだ独身なのに、何故そんなことがわかるんだ」

綜馬の言葉に交じる棘を、皆月は眉一つ動かさずに受け止める。

「両親の離婚から得た経験です」

皆月の視線に交じる気遣いと哀れみが、かえって綜馬を煽る。

「皆月、会食はキャンセルしてくれ。銀露館へ出かける」

「かしこまりました」

挑むような綜馬の口調に、皆月ももうそれ以上口を差し挟まなかった。

陽が落ちてもまだ熱気がこもる夜の街へ、綜馬は上着を羽織って飛び出した。

誰にも俺の気持ちなんてわかるものか。父にも母にも、龍成にもわからないだろう。

皆月の過去を綜馬が知らないように、彼も綜馬が積み重ねてきた日々を知らない。

今度こそ欲しいものを手に入れる。絵筆を捨てたあとの虚しい日々はもうたくさんだ。

確かに、自分を貫く龍成に比べれば、画材をゴミ袋に捨てられても、母に従ってしまった自分は愚かな弱い人間なのだろう。けれど、銅ホールディングスを継ぐために、兄として生まれてしまった自分の葛藤や苦しみは、誰も理解できない。

母という王を守るために、「馬」と「龍」という名前を与えられた自分と弟。そこから弟はするりと抜けて本当の龍になったが、自分は未だに母のための馬だ。

もう馬は嫌だ。自分だけの城の王になりたい。二度と、人の思うようには生きない。

綜馬は全てに逆らうように、真名に向かって歩き始めた。

10　甘い夢想曲（トロイメライ）

今夜、店にやってきたときから、綜馬の様子はいつもと違っていた。思い詰めたように眉間が強ばり、真名の演奏が耳に入っていないように見えた。なのに、食い入るような目を向けてくる。

（今夜、銅さんは私に会いにきたんだ……ピアノを聞きに来たんじゃない）

だから出口で綜馬が自分を待っていたときも、不思議な感じはしなかった。

それでも深夜のカフェで言われた言葉には驚きで全身が硬直した。

「私と結婚してほしい」

一回り以上も年上の男性なのに、直向きさが伝わってきて、息が苦しくなる。

「君と一緒に私の城を造りたい」

「……お城……」

そう呟いたとき、真名の胸に不思議な安堵が広がった。

（私にも居場所があるんだ……仮住まいではない、私の場所が手に入る）

そう思ったとき、真名は、幸せな未来が見える気がした。

きっと幸せにするよ、でも、幸せになろう、でもなく『城を造りたい』という一言が真名の心を急速に、綜馬へと寄り添わせる。

家族を失い、田部も新しい家族を得た今、自分には家がない。自分も誰かと家族になりたい。母がいる頃に感じていた小さな温もりを取り戻したい。あの温もりが宿っていた場所は確かに真名の城だった。

もしかしたら、あの温かみをこの人と再び手にすることができるかもしれない。

優しいキスをくれたこの人と——。

「あの、教えてください。銅さんの思うお城ってどんなものですか？　立派なものですか？」

確かに居場所は欲しいけれど、綜馬と自分では考えている意味が違うのかもしれないという不安が口をつく。

「自分にとって大切な場所が、城だと、私は思っている。どれほど立派でも守りたくなければ意味がない」

心からそう思っている口調だった。衒いもなく自分に向かってくる年上の男性に、真名も素直に問いかける。

「どうして、私なのでしょうか？　銅さんならいくらでも素敵なお相手がいらっしゃると思うんですけれど……」

「銅ホールディングス専務、銅綜馬の妻になってくれる人は探せるよ」

綜馬も隠すことなく答えてくる。

「私が必要なのは銅ホールディングス後継者の夫人ではなく、ただの孤独で無趣味な三十男の相手なんだ」

「無趣味ってそんな……」

何を話してもそつがなく、音楽にも造詣が深い綜馬らしくない自虐的な冗談だと思ったけれど、龍成から聞いた話が真名に違う言葉を言わせる。

「銅さんが無趣味なんて思えません。サペルニコフのコンサートもいらっしゃるぐらいピアノに詳しいですし。龍成さんのお兄さんですし」

その言葉に、一瞬無防備な顔つきになった綜馬は、年齢より遥かに若く見えた。子どもの頃を髣髴(ほうふつ)とさせる少年のように澄んだ、とても傷つきやすい目が彼の鎧を剝ぐ。

「……すみません。でも龍成さんがお兄さんは優等生で何でもできたって」

その目に流れた暗い影に、真名は怯む。綜馬の秘密を暴いた気がして竦んだが、綜馬の口調はあくまで穏やかだった。

「それは龍成のかいかぶりだ。優等生は学校の数だけいるからね。龍成のように本物の才能を持っていて、世界で活躍できる人間は少数の天才だけだ。けれど案外当事者にはわからないらしい。努力すれば誰でも成功すると思っている節がある。どんなに努力しても、才能が追いつかない人間の苦しさや、切なさ、才能ある人間に嫉妬してしまう気持ちがわからないんだよ。……だから彼は少しばかり、他人に誤解される言動を取ってしまうのだろうね。本質は優しくて、思いやりがあるんだけれども」

綜馬の言葉には優れた才能を持つ人間への尊敬が感じられる。けれど同時に、自由に生きられる力を持つものへの羨望が、隠しようもなく零れ出ていた。

堪えるように引き結んだ唇に綜馬の複雑な思いが凝縮される。

「私は平凡な人間なんだよ、柚木さん。自分の才能だけで生きていける龍成とは違う。だから自分のための城が欲しい。そこにしっかり足をつけて、穏やかに生きていきたいんだ」

真名から見ればとても平凡には思えない人が語る、「穏やかに生きたい」というささやかな希望は真名の心を激しく揺さぶる。

（私も穏やかに生きたい……その場所がほしい）

今の真名には銀露館が小さな城だけれど、あれは田部の城だ。どれほど大切に思い、五万円のチケットをフイにしてまで尽くしても、いつもで真名を閉め出す権利がある。

銀露館の王さまは田部で、お姫さまは田部に選ばれたパートナーだ。あの夜、田部とそのパートナーを祝福しきれなかったのは、銀露館が真名のものではないことを、思い知らされたからだ。遠くない未来にあの城から出て行かなければならない予感がした。

けれど、綜馬となら借りものではない、自分たちの城が造れるのだ。真名の心臓が、新しい鼓動を打ち始める。まだ手にしてない未来だが、魅力的でその確かさに抗えない。綜馬ほど紳士的で、知性的な人を真名は他に知らない。こんな人が真名を必要としてくれることは、おそらく二度とないだろう。

綜馬には自分の失ったものを全部取り戻してくれる力がある。

「私……何も知らないんです」

真名はごくんと唾を飲み込んだ。物欲しげに見えたのではないかと不安だったが、それでも綜馬から視線を離さなかった。

「母にはピアノを教わりましたが、料理とか……家庭の細々したことを教わる前に母は亡くなりました。何もできない……です」

あとに続くのはそれでもいいのか？　という言葉だ。すでに綜馬の手を取ることを前提としているのに自分でも気づかぬまま、真名は気持ちを高揚させていく。

「君はまだ十九だ。そういう点では何も期待していない」

綜馬は「失礼な言い方だね。すまない」と苦笑する。

「私自身、期待されても困るぐらい家庭に対して疎いんだ。両親が一般的な父と母ではなくてね。家庭というイメージがすぐには湧かない。だからきっと私は君以上に何も知らない。家庭を築こうという大人の男としては、ある意味欠陥品なんだよ」

「銅さんのお母さまは、グループの社長さんですよね」

「ああ、企業人としては一流だ。母としては……わからないね。母は私に子どもとしての顔よりも先に、企業人としての顔を求めたような人だから」

「……どういう意味ですか」

しばらく考えた綜馬は、たとえば——と迷うように口を開く。

「将棋は知っているかな？」

「将棋って、あのゲームの将棋ですか？」

いきなり飛び出してきた場違いな言葉を確認すると、綜馬が「そう」頷いた。

「詳しくはわかりません……王さまを守って陣地を攻め合うゲームってことぐらいしか」

「そうまさに、それだ。王を守るゲーム。私と弟の名前は、将棋の駒にちなんでいるんだ」

首を傾げた真名に、綜馬は紙ナプキンを引き寄せた。胸ポケットから取り出した万年筆で「王」と、大きく書き、その両隣に「角」と「飛車」の文字も綴る。

「王の両脇を守る強い駒が『角』と『飛車』と言ってね、これが上手く生き残ると『馬』と『龍』という強い駒に成れる。だから私と弟は綜馬と龍成なんだ。もちろん母が王だ」

綜馬はあまり楽しく見えない笑みを浮かべる。

「私たちは生まれたときから母を守る駒だったんだよ。銅ホールディングスの王である母を守る、強い馬と龍になれというのが母の願い、いや、命令だった」

「……そんな」

それは綜馬の思い過ごしではないだろうか。子どもに立派に成長してほしいという親心ではないか——だが綜馬の言い方には安易な慰めを受け付けない気迫があった。

「弟は自分の力で駒であることをやめた。だが私は未だに母の駒だ」

「そんなことはないと思います。だって銅ホールディングスの跡継ぎには誰でもなれるわけじゃありませんから」

声を大きくした真名に、綜馬が驚いたようにぱっと目を瞠る。

「ありがとう。確かに仕事は嫌いではないよ。嫌いでできることじゃないし、嫌いだなんて思ったら、銅で働く社員に申し訳ない……けれど銅ホールディングスにこの身を捧げたわけではない。会社を離れたときは、ただの一人の男でいたい。自分の家でだけは、ただの銅綜馬になりたい。誰かを守るなら自分の意志で選んだ相手を守りたい」

母の呪縛を解く鍵が真名であるかのように、綜馬が視線で真名を射すくめる。

「私の肩書きは抜きに考えてほしい。肩書きを必要とする人と暮らすつもりはない。ただ私と一緒にいられるかどうかだけを、決めてくれればいいから」

「銅さんと……」

「君に何の社会的な地位もあげない代わりに、拘束もしない。ただ私と二人で、二人のためだけの城を造ってくれればいいんだ」

銅ホールディングスの銅綜馬ではなく、ただの銅綜馬という人となら、自分でも大丈夫な気がする。真名自身も、失った家族が手に入るのだ。田部も銀露館も、家族でも終の棲家でもないと気づいた真名の目の前に、新しい希望が差し出される。

それでもまだ、本能的な保身が真名に返事を渋らせた。

「今の生活を壊したくないんです」

「今の生活とは、どんなこと？」

経験の少なさからくる臆病さを、綜馬は優しく解きほぐそうとする。

「ピアノを弾くこと……私の生き甲斐なんです。もちろん龍成さんみたいに、いろんな人から認められて拍手をもらえるようなピアノじゃないし、綜馬さんには遊んでいるようにしか見えないかもしれません。でも……まだ弾いていたいんです……」

あの心温まる密やかな場所から、光の中心に引きずり出されるのはとても怖い。

「もちろん、かまわないよ」

真名の逡巡を、綜馬は柔らかく受け止める。

「君のピアノを私は好きだよ。それにあれは君の仕事だろう。遊んでいるなんて全然思っていない」

綜馬の正論に追い詰められた真名は、隠していた気持ちを呟く。

「……怖いんです……銅さんは普通の人には見えません。少なくとも、世間はそうは思いません。私なんかあなたに釣り合わないって、誰だって思うでしょうし」

真名が正式な音楽教育を受けていないことに驚いた龍成を思い出さずにはいられない。優しい人だけれど、人にはいろいろな事情があることを知らない、幸せな人たち。綜馬やその周囲もきっとそうに違いないと、真名は怖れた。

「世間か――」

綜馬は深く息を吐いて、寂しげな目をする。

「君の言うことは間違ってない。世間というのは肩書きや年齢のような目に見えるもので判断したがるからね。けれど一方では、私のような擦れた人間に、君みたいな清廉な子は相応しくないと、思う人もいるかもしれない」

「そんなことはありません」

信じていない顔で綜馬は薄く微笑む。

「君の周囲の人、たとえば田部さんはきっと、君を私のような人間に渡したいとは思わないだろうね」

「あ……それは……」

否定はできない。田部はいつだって真名を守ろうとしてくれた。現に綜馬と親しくしているのを快く思っていない。綜馬に何が足りないわけではなく、あり過ぎるのが不安で、まだ大人になりきっていない真名が、それに溺れてしまうのが心配なのだ。

そして田部の気持ちはそのまま真名の気持ちだ。

「けれど人のことなどどうでもいい。それほど、私には君が必要だ」

綜馬の気迫が真名の迷いを突き崩す。彼が背負わされてきたものの重さが、経験の浅い真名にも伝わってきた。孤独や、哀しみ。そして捨ててくるしかなかったものが見えた。

自分が家族を欲しいように、綜馬も自分が欲しいのだろうか。

「……銅さんは……私が必要なのですか……？」

呟いたその頬に綜馬が手を伸ばしてきた。

「君が必要なんだ。君と結婚したい、真名」

必要なんだ——父を亡くし、母にも置いていかれた自分を、必要としてくれる人がいた。

この人と家族になりたい。

身体の奥から突き上がってきた思いに、真名は深く頷いた。


綜馬との結婚を決めるとすぐに綜馬の秘書、皆月に引き合わされた。

卒業パーティの帰りに一度会っていたが、あのときはサペルニコフの話に夢中だったので、よく覚えていない。改めて会った皆月は、いかにも一流会社の役員の秘書らしく、静かで知的な印象だった。

「これからお世話になります……よろしくお願いします」

高級ホテルの一室ということもあり、気後れしてそれだけいうのが精一杯だったが、皆月は落ち着いて礼を返してきた。

「専務はお忙しいですし、できる限りのことは私がさせていただきます。柚木さんもご希望を遠慮なくおっしゃってください」

「はい……」

これから始まる綜馬との新生活に必要な手続きは、秘書がやってくれる。

最初綜馬にそう言われたとき、真名はとても驚き、そして寂しかった。

そういうことは二人で決めていくものではないだろうかという疑問があったが、忙しい綜馬には言えなかった。一刻も早く二人で暮らしたいという綜馬の願いを叶えるために、真名は胸に芽生えた違和感に目を瞑る。

「では、時間もあまりありませんので、早速進めましょう。住まいのご希望はありますか?」

「……できればピアノが置けて、弾けるところを」

綜馬が忙しければ、自分で家探しをしてもいいと思うけれど、綜馬が望むようなハイクラスのマンションを見つけるなど真名には到底無理だ。皆月を頼るしかない情けなさに、真名は声が小さくなった。

「できればじゃなくて、できないと困るだろう、真名」

綜馬に笑われて真名は赤くなったが、皆月は一緒になって笑うことはなかった。

「防音ですね。柚木さんはピアノがご専門ですから、最初からそのつもりでした」

「専門って……ただ母に習っただけです。母が聖歌隊のオルガンを弾いていたので」

皆月は当然龍成のことは知っている。そう思うと、専門という言葉が気恥ずしく、真名は言わないでもいいことを言ってしまう。

「聖歌隊？　お母さまはクリスチャンだったのですか？」

さりげなく過去形にしてくるところに、皆月が真名の家庭事情まで掌握しているのを知る。優しげな外見とは裏腹の切れ者振りに、逃げ場がないような気持ちになり真名は縮こまって、「はい」とだけ言った。

すると真名の怯えを宥めるように、皆月がふっと笑顔になる。だが心の揺れを的確に摑まれたことで、いっそう緊張が高まった。

「だから柚木さんは『真名さん』というお名前なのでしょうか？」

「……あ、はい……よくご存じですね。皆月さん」

名前の由来を当てられた真名は緊張も忘れて驚くが、綜馬は皆月を鋭く見る。

「どういう意味だ、皆月」

綜馬の砕けた口調で、彼と皆月が上司と秘書以上の関係なのが伝わる。だからこそ、綜馬は真名との私生活に立ち入らせるのだろう。綜馬が信頼している人を自分が苦手にしてはいけない。その思いで皆月を正面から見ると、彼が褒めるように微笑んだ。

「マナ、というのは聖書に出てくる、天から降ってきた神から与えられた食べ物のことです。いいお名前ですね」

「そうなのか？　真名。一度も聞いたことがないが」

「……ごめんなさい……でも、お話しするようなことでもなかったので」

少し不服そうな綜馬の口調に縮こまった真名を見ながら、皆月がさらりと取りなす。

「まだ柚木さんとお会いになってから半年も経っていないのですよ、知らないことだらけのはずです。結婚しても夫婦は他人同士、これから充分話しあうのがよろしいかと思います。柚木さんだって綜馬さんに聞きたいことがたくさんあるでしょう」

「そうしよう。仕事のことはともかく、真名のことを君から教えられるのはごめんだ」

肩を竦めた綜馬が、なんだか少しだけ可愛らしく見えて、真名はこのとき初めて、これからの暮らしが待ち遠しくなった。

ただ、真名を銅の嫁として絶対に認めない美保子に逆らった結婚は、それにまつわる一切の儀式を不可能にした。

その事が綜馬自身は、かえって爽快そうだったし、家族のいない真名にも儀式など必要ない。逆に何もないことが幸せに思えるのが、真名の若さと経験のなさからくる強みだった。

この結婚に最後まで難色を示した田部だけは、二人のやり方に反対を唱えた。

――結婚は今日が明日になるのとは違う。何かけじめをつけたほうがいい。

何度もそう言われたが、真名は綜馬には伝えなかった。嫌なことを綜馬の耳に入れて、煩わせないことが、妻としての最初の務めのつもりだった。

皆月に会って二週間後には全ての準備が整い、真名の住むアパートも皆月の手で解約された。

綜馬の運転する車で新居へ向かう助手席で、真名はひどく心許ない気持ちになった。

もう戻る場所はない――何故かその思いで胸が苦しくなる。

結婚式をあげないとはいえ、今日のために綜馬が用意してくれたオフホワイトのワンピースに真珠のネックレスは、花嫁らしかった。真名にはその価値がわからないがきっと高いものなのだろう。ネックレスの留め金の刻印は真名でも知っている高級宝石店のものだ。

「これ、高いんですよね」

おそるおそるネックレスに触れながら尋ねると、綜馬が軽くいなす。

「妻に金を惜しむつもりはないから」

そう言われたとき、真名の頭の中に火花がばちばちと弾けた。

(妻――私はもう銅綜馬の妻になったんだ)

さきほど二人で婚姻届を出したときには感じなかった重圧が急に迫ってきた。

「どうした？　顔色が悪い」

「大丈夫、……なんだか緊張してるの」

正直にそう言うと、綜馬が膝の上に置いた真名の手を片手で握った。

「そうだね、俺も少し緊張している——でも、君とならきっと大丈夫だ」

指先から伝わってくる温もりに真名は肩の力が抜けた。

「……綜馬さんとならきっと大丈夫ですよね」

運転をする綜馬を見上げると、彼が真名の心配を消し去るほど大きく頷いた。

その高揚した気分のままで新居に入ると、玄関に大きな花束が飾られている。ふんだんに使ったオリエンタルリリーの香りでむせ返りそうだった。

「龍成からだ」

ヨーロッパツアー真っ最中の龍成は二人の結婚を何より喜んで、次に日本に戻ったら盛大なパーティをしよう、と意気込んだメールをしてきた。

「あれが主催のパーティなんて怖くて遠慮したい」

「私はパーティより、コンサートを聞けるほうが嬉しいです」

その答えに笑った綜馬に背中を押されてリビングのドアを開けると、雑誌みたいに、洒落た内装の空間が目に飛び込んできた。

優美な家具がゆったりと配置され、カーテンや照明は寛げる配色だ。真名が皆月に伝えた希望を反映している。

「皆月さんって趣味がいいんですね」

最初の暮らしの場所がほとんど他人の手で作られた戸惑いを拭おうして、真名は明るい声で、皆月の仕事を褒める。

この先は綜馬とずっといるのだから、この程度のことには慣れていかなければならない。二人の私生活も秘書に任せるのは、綜馬には普通のことなのだからと思い込んでも、得体の知れない不安に頬が引きつる。だが綜馬は真名の気持ちに気づかずに、ソファに腰を下ろした。

「インテリアデザイナーに頼んだはずだ。とはいえ、彼の他人の気持ちをくみ取る能力は抜群だね。だいたい君の希望どおりだろう?」

「ええ、それ以上です。皆月さんにお礼を言っておいてください」

これからは他人任せにせず、せめて家事ぐらいはちゃんとしよう。

心の中でそう決めて気を取り直した真名は、リビングに置かれたピアノに触れた。嫁入り道具など何もない真名だが、これだけは自分のものを持ってきた。母が亡くなったあとも、無理をして楽器可の防音アパートに住んでいたのは、ただただこの母との思い出のピアノを手放せなかったからだ。

「専門業者に頼んだとはいえ動かしたからね、調律を頼むといい」

慣れない場所で懐かしい人にあったような心持ちでピアノに触れていると、近づいてきた綜馬が背中から真名を抱きすくめる。

「真名」

はい——と応えたつもりの声が裏返って上手く出なかった。少しだけいつも違う声と、抱きしめ方で、この先に待っていることがわかった。

「こちらへおいで」

肩を抱かれたままリビングの奥へと誘われ、綜馬が寝室のドアに手をかけると真名はそれだけで心臓の鼓動が高くなった。今どき結婚までキスしかしたことがないなんて、誰に言っても信じないだろう。けれど短い交際期間中、綜馬はキスの先を求めてこようとはしなかった。

『あの……どうして……私……大丈夫ですけど……』

優しいキスに、心地のいい腕の力加減は、女性の扱いに慣れているからなのに、その理由がわからない。綜馬に大人として見られていないのかという不安に押されて、一度勇気を出して自分からそう言ったことがある。

だがそういった真名をいかにも可愛いという目で綜馬は見つめた。

『この先ずっと君といるから、焦らないよ。花嫁になってくれてから大人になっても遅くない』

大切にしてくれることは嬉しかったが、必要以上に自分を子どもに見られているのが寂しい気がした。結婚するんだから、もう大人なのにという微かな不満もあった。

けれど、これからは違う。ちゃんとした大人の女性として、綜馬に扱われる。真名は綜馬に抱かれている肩が、焦げるように熱く感じる。

綜馬が寝室のドアを開けたとき、ようやく声が出た。

「——綜馬さん」

それが合図になったように、綜馬が肩を抱いた手に力を込めて、真名をベッドに座らせた。ふいっと見上げた唇に綜馬の唇が下りてくる。

キスはもう何度かしているのに、初めてのように唇が熱くなる。

（いつもと違う……）

真名の肩を抱く手の強さは、まるで彼女を拘束しているようだし、唇の熱は彼女よりもっと高い。

（大人の男の人……だ……）

一瞬だけ怖いような気がして身体が強ばった。

「真名……緊張しないで」

唇を少しだけ離した綜馬に囁かれて、真名は息を吐く。

「ごめんなさい……なんだか……私……」

「いいんだ、ゆっくりでいい」

真名の気持ちを解きほぐすように穏やかな声でいい、綜馬は真名の耳たぶから顎までキスを繰り返す。

「ふ……ぁ……」

くすぐったいような甘い感覚に身体の緊張が解けて、真名は綜馬の腕の中で力を抜いた。すると、熱い唇が再び重なった。

今度は力強く真名の唇を吸い上げて、うっすらと開いた唇の間から舌がねじ込まれた。

「ぁ……ん……」

ざらつく舌が真名の舌を絡め取り、上顎をくすぐり、歯肉を舐めて喉の奥まで犯す。呼吸さえできない苦しさは、何故か真名の腹の奥を熱くした。

慣れない激しい口づけに胸で喘ぐ真名の唇から、飲み込みきれない唾液が喉を伝わる。反らした喉を這う銀の雫を追いかけて綜馬の唇が首筋に滑る。

「あ――っ……」

味わったことのない震えが綜馬の唇から伝わってきて、真名はあからさまな声をあげた。

自分の声に驚いて、閉じていた瞼を開けた。

「……私……おかしな声を……」

「大丈夫だよ、真名。心配しないで、目を閉じなさい」

生々しい口づけをくれた人とは思えない優しい声と眼差しに安堵して、真名は目を閉じた。

「声が出るときは我慢しないでいい。ここには二人しかいないんだからね」

瞼にキスをされて、真名は素直に頷いた。

(ほんとは……綜馬さんに聞かれるのが恥ずかしいんだけど……でも、もう結婚したんだから)

ぎゅっと目を閉じると、綜馬がワンピースの背中のファスナーに手をかけた。

「……」

緊張でまた背中に力が入るが、綜馬は真名の背中を撫でるようにして、ファスナーを下ろした。綜馬にプレゼントされたフランス製の洋服が身体から滑り落とされた。

「あ……」

目を閉じていても肌に触れるひんやりした空気に真名は吐息を洩らした。

綜馬の唇が首筋に触れて、真珠のネックレスごと軽く真名の肌を噛む。

「あ……ネックレス……外さないと」

慌てて目を開けて、首に回そうとした手を綜馬が押さえる。

「このままでいい。君の肌によく似合っていて、外すのはもったいない」

艶のある声で答えた綜馬が、真名の身体をベッドに横たえる。

「真名の肌は真珠のようだな……艶があって肌理が細かい」

「……そんな……こと……」

褒められていても自分の身体のことを口に出して言われるのは恥ずかしい。だが綜馬は味わうように、横たわった真名の身体を指先で上から下まで撫でた。

「綺麗だ……全部見せてくれ。真名」

吐息めいた呟きを零した綜馬が、真名の下着に手をかけた。

「あ……」

初めて男性の手で下着まで脱がされる羞恥に、耳の中ががんがん鳴る。それでも真名はじっとして綜馬に全てを任せる。

(だって、私はもう綜馬さんの奥さんだもの……)

その言葉を頼りに、真名は初めて男性の前で生まれたままの姿になる恥ずかしさに耐える。

ふるりと両方の乳房が外気に触れて、真名はきゅっと心臓が縮まる。

その乳房を綜馬が手のひらで覆う。

「まだ、冷たいね」

独り言めいた囁きが聞こえて、綜馬の唇が乳房に触れた。

「あ……ぁ……」

きゅっと乳房が収縮して小さな乳首が立ち上がった。綜馬の唇がその乳首を軽く咥えた。

「……ぁ……綜馬さん……駄目……」

乳首に触れられただけで、びりびりした刺激が爪先に流れ込んだ。咥えられた乳首が唇の間で硬くなるのを感じて、真名は戸惑った。

だが綜馬は片方の乳房を手のひらで揉みしだきながら、唇で咥えた乳首を舌で舐った。

「や……ぁ……」

彼の舌が動くたびに、爪先まで流れた刺激は足の間に戻ってきて、真名の身体の奥をじんじんと痺れさせる。

綜馬の手のひらで転がされるもう片方の乳首も、立ち上がって濃い紅色に変わっていく。

「真名、腰を上げなさい」

下腹を覆っていた小さな下着に手をかけられて、反射的に身体を捩った真名に、綜馬が言った。

「あ……はい……」

まるで教師から教えられるようだ――そう一瞬感じたが、真名は言われたとおりに腰を上げた。

「いい子だ……、真名……それでいい」

真名の羞恥を宥めるように綜馬が声をかけながら真名の身体から下着を引き抜いた。

「……ふ……ぁ……」

夫からの行為とはいえ頭から血の気が引くほどの羞恥に目眩がする。なのに、足の間がひどく熱くて、何かが身体の奥から零れるのを感じた。

綜馬の手が細い腰骨をいったりきたりしたあと、真名の平らな腹を撫でて、足の間の下生えを指で掻き上げる。

「……ぁ……ふ……ぁ……」

指が触れた場所にぽつんぽつんと灯がともり、大きな炎になって真名の身体を蕩かしていく。初めて知る、剝き出しの肌に触れられる心地よさに、脳髄がどろどろに溶けて、何も考えられない。

「どうしよう……綜馬さん……私……頭が……」

行き場のない熱に犯されて、真名は綜馬に意味のない言葉を訴えた。

「大丈夫だよ。全部俺に任せればいいんだ……真名。君はもう俺のものなんだからね」

「……ええ……」

下腹を撫でる手の動きに合わせて、真名は息を吐いた。

「それ、それでいい。少し足を開きなさい」

もう綜馬しか頼る人はいない。

真名はおずおずと足を開いた。

その足の間に、綜馬の指が入り込んだ。

「ん――ぁ」

ぎくっとした拍子に声が出たが、綜馬の指はそのまま真名の奥を暴き始める。

ふっくらとした秘裂を摩り、奥の蜜口から蜜を掬い上げて、秘裂を濡らす。

「あ……ぁ……」

自分の声が明らかにうわずっているのを感じて、真名は唇を噛んだ。

「真名、声を出して聞かせなさい」

「……でも……恥ずかしいの……」

濡れた目を開けると覗き込んでいる綜馬の目と視線があった。

「それでいいんだ。君の全てを知りたいんだ……教えてくれ、真名」

彼の声は少し掠れて、目には見たことのない色が浮かんでいる。

まるで真名を食べてしまいそうな色は、獣めいていて、綜馬がただの優しい男でないことを感じさせる。

「綜馬さん……」

「可愛い……真名。もっと君の甘い声を聞かせてくれ」

熱のある声で囁いた綜馬は再び指を動かし始める。

秘裂を指で割り広げると、中の花芽を指の腹で擦った。

「あ……や……ぁ……」

背骨が火柱になったみたいに身体が燃えた。足の間からぬちゃぬちゃとした水音がして、尻の間まで濡れるのを感じる。

「駄目……ぁ……」

綜馬の指が動くたびに、花芽がぷっくりと膨れ上がり、快感の度合いが強まっていく。

「や……はぁ……あ……」

身体の一番奥にある秘密の場所から流れ込む刺激に、真名は声が抑えきれない。

初めての快感に抗えずに、真名は両足をしどけなく崩して、秘裂を綜馬の目の前で顕わにしてしまう。

「真名、君の肌は白いのに、花は紅いんだな」

綜馬の声には感嘆の色があったが、真名は自分の格好に気がついて慌てて足を閉じようとした。

「綺麗なのに、隠さないでいい」

掠れた声で言った綜馬が身体を滑らせて、真名の足の間に顔を寄せる。

「や――、綜馬さん、そんなの駄目なの、やめて――ぁ……」

髪の毛を摑んで綜馬の頭を押し返そうとしたが、力では叶わずに、綜馬の唇が秘裂に触れた。

その瞬間に感じたのは羞恥すら押し流す、信じられないような悦楽だった。

「綜馬さん……ぁ……ふ……ぁ……」

真名は自分から身体を開いて、綜馬の愛撫を受け入れた。

舌先が花芽を舐める水音にも身体の奥から蜜が溢れた。

「あ……ぁ……」

理性が消えて、綜馬のくれる快感だけを味わう。

「真名……とても、可愛らしい……」

愛撫の合間に注がれる夫の囁きを、真名はうっとりと聞きながら答える。

「綜馬さん……幸せになりたいの、とっても幸せになりたい……」

真名に触れている綜馬の身体がびくんと強ばったように感じたが、ほんの一瞬のことだった。

一度真名の額にキスをした綜馬は、身体を起こして素早く衣類を脱ぎ捨てた。

「真名、いいかな?」

ベッドの脇に布の落ちる音を聞きながら、真名は頷く。

覆い被さってきた綜馬の背中に手を回すと、初めて触れる彼の肌は思ったよりもずっと熱い。大人の人だからひんやりしていると何故か思っていた。

知らなかった綜馬に触れた気がする。

強く強く合わせられた胸も綜馬の興奮を伝えるみたいに、どくんどくんと脈打っている。

(綜馬さんも……いつもと違うんだ……)

そう感じたとたん、綜馬への愛しさが募り、両手でぎゅっと彼の背中を抱きしめた。

「うん、真名、肩に摑まって」

先ほどよりは甘く、けれど少し余裕のない調子で促されて、真名は彼の肩に両手をかけた。

何かを確かめるように注意深く綜馬の指が身体の奥で蠢く。

濡れた翳りの奥の切れ込みに長い指が差し込まれた。

「あ……っ」

「痛い?」

自分でも触れることがない襞の奥に他人の指が入り込んだ衝撃は大きく、息が詰まった。

「……いえ……でも……」

(なんだか、怖い)

言葉にできずに瞼を開けると、自分を見下ろす綜馬の顔は、これまで見たこともない表情だった。

獣じみてもいるが、とても切羽詰まっているように、目の色が切なかった。

年上の人なのに、抱きしめてあげたくなる。

真名は首を横に振って、また目を閉じた。

「……大丈夫……緊張してるだけ……」

「そうだね、慣れていないうちは可哀想かもしれない……でも、いつまでもこのままにはしておけない。君は俺の花嫁なんだからね」

「……平気……綜馬さんだから……大丈夫」

ぎゅっと肩を摑む手に力を入れると、綜馬が愛しさを堪えるみたいに薄く微笑む。

「じゃあ……息を吐いて、真名。身体が楽になるから」

とにかく綜馬に従おうと、真名は頭をからっぽにして息を吐いた。

吐く息の代わりに、綜馬の指が身体の中に入り込む。

濡れた隘路を舐めるように動いて、入り口の襞を広げた。

「ん――ぁ」

じんわりした痛みと痺れが身体の中心から、四肢に伝わった。

奇妙な感覚を追いかけて身体が弛緩すると、綜馬の身体が真名の足の間に入り込む、

「真名、俺の腰に足を回しなさい」

綜馬の身体に触れなくていいのだろうかとふと思った。最初からずっと真名はされるままだけれど、綜馬はそれでいいのだろうか。

だがその思いも、身体の中でなめらかに動く指にもみくちゃにされて消えてしまう。

とにかく今は綜馬の言うとおりにすればいい。

(私は綜馬さんと結婚したんだから)

妻の役割もまだわからない真名は、綜馬の言うとおりにすることだけで頭をいっぱいにする。

指とはいえ、異物を含まされた身体は自分のものではないような気がして、ままならないが、真名は綜馬の腰に足を回した。

逞しい腰にようやく足を搦めると、彼の指が襞の上でぷっくりと膨れた花芽を撫でた。

「あ……ん……ぁ……」

柔らかい身体の粘膜と、敏感な花芽を同時に刺激されて、真名の身体は逃れるように跳ねた。だがかえって搦めた足が綜馬の身体を引き寄せ、襞の中の指を食いしめてしまう。

「う……ぁ……ごめんなさい……ぁ」

自分の身体が綜馬の指を傷つけた気がしたが、綜馬は苦しそうに笑って、指を引き抜く。

「君は本当に、このままにしておきたいほど無垢で愛らしい……どうしようか……」

色気の滴るような声が耳元に落ちてくる。

「でも、俺がもう我慢できない……真名、もう一度大きく息を吐いて……」

「……ぁ……」

精一杯に言われたとおりにすると、ぐっと体重をかけてきた綜馬に腰と手をベッドに縫い止められた。

「真名……」

熱い声と一緒に、解かれていた蜜襞に、綜馬の雄が入り込んだ。

「あ――」

信じられないほど硬く、熱い嵩に真名は悲鳴に近い声が出た。

「痛いか……」

首を横に振るのがやっとだった。身体が裂けそうな圧迫感に、息が詰まる。

「……少しの間だけ、許してくれ……」

掠れた声でそういった綜馬が、真名の首筋にキスを降らせる。

彼の唇から優しさが降ってくるような気持ちになった真名は、ほっとして広い背中に腕を回した。

「……大丈夫……来て……ください……」

「……真名……」

熱い息を零しながら綜馬の硬い雄が、真名の隘路を拓いていく。

身体の奥が軋むが、何故か真名の心は満たされていく。

（やっと……綜馬さんと一つになれる……私の大切な夫……）

ぎちぎちと隘路に入り込む綜馬を真名は精一杯に受け入れた。

広い嵩が襞を擦り、熱の塊が腹の中に入っていく確かな感覚に、真名は唇を開いて喘いだ。

「ん――あ……、綜馬さん――」

濡れた紅唇で真名は短い呼吸を繰り返した。

ぐっと綜馬が腰を突き上げたとき、身体の奥にぴったりと綜馬が入り込んだのがわかった。

「……ぁ……」

苦しいけれど、嬉しかった。

自分が一人前の女になった気がする。

綜馬の身体を抱きしめて、身体の中の綜馬を襞で感じていると、不思議な気持ちが沸き起こってきた。

甘い苦痛は、やがてきっと快楽に変わる気がする。

じわじわと身体の芯が痺れていく痛みは、疼きに変わるだろう。

「……ぁ……や……」

この先にある悦楽に真名は怯えた。

自分が自分でなくなりそうで、とても怖い。

だが綜馬は真名の身体の中が柔らかく変わると、頬にキスをしてから、ゆっくりと動き始めた。

「あ……ぁ……ぁ……」

身体の内側を熱で擦られる初めての感覚に、真名は微かに呻くが、やがてそれは不思議な心地よさに変わっていく。

硬い嵩が隘路の襞を擦るたびに、腹の奥が疼いた。

「はぁ……ぁ……」

自分の蜜襞が自然にうねり、綜馬の雄に絡みついた。

「真名……大丈夫か？」

耳元で聞く綜馬の声はうわずり、熱を孕んでいる。

「……大丈夫……平気……ぁ……」

綜馬の背中に回していた手に力を込めて、彼の身体を引き寄せた。

搦めた足をもっと上にあげて、綜馬を受け入れている身体の奥をもっと彼に押しつけた。

身体の奥からねっとりした蜜が溢れ、綜馬が動くたびに水音が響く。

「あ……や……ぁ……」

真名の開いた唇から、熱のある声が次から次に溢れ出た。

綜馬の腰が動くと、下腹の中に熱が溜まっていくのがわかる。その熱が弾けるのが待ち遠しいような気がする。

「綜馬さん……ぁ……ぁ……」

彼の腰の律動に合わせて、真名の身体が揺れて、髪の毛がシーツに広がる。

その髪の毛も蜜に濡れたように、真名の頬に貼り付いた。

「はぁ……ぁ……綜馬さん……私……ぁ」

きゅうきゅうと身体の襞が熱く痙攣するのが、自分でもどうしようもない。

「……もう……どうしていいのか……っわからないの……ぁ……」

彼を放したくないのに、このままでいたら、大変なことになりそうで、真名は脈絡もなく訴える。

「真名……いいんだよ……もうすぐ達くんだからね……」

腰を動かして真名の身体の中を愛撫しながら、綜馬は掠れた声でそう言った。

「達く?……ぁ……私……」

これから自分が味わうのが、快楽の頂点なのを、真名は初めて知った。

「そのまま感じていればいい」

綜馬の声に促されるままに、真名は身体の奥を思うさまに揺さぶられる。

「……綜馬……ぁ……さんは……いいの?……はぁ……私ばっかり……ぁ」

意識が消えそうな心持ちで、真名は喘ぎながら尋ねた。

結婚したのだから、自分だけが流されるのはいけないのではないかと、ぼんやり思った。

「君は本当に……」

切羽詰まったいい方だったが、綜馬が微かに笑ったような気がする。

「いいんだ。妻を達かせられない夫じゃ、仕方がないんだ」

そう言った綜馬が強く腰を突き上げたとき、真名の身体の中で熱が爆発した。

「あ――ぁ……ぁ……」

悲鳴のような声をあげて、真名は甘い痙攣を繰り返し、身体の中の綜馬を淫らな不規則さで締め付けた。

「――真名……くっ……」

経験の乏しい真名は、綜馬もまた満足を得たことがわからないまま、力が抜けた彼の身体に頬を寄せた。

11　優しさの小夜曲(セレナーデ)

カレーとトマトのバジルサラダ、それとデザートのコーヒーゼリーを作るのに、二時間もかかる妻ってどうなのだろう。

（もう少しちゃんといろいろやっておくんだった。手際が悪すぎる）

――家庭の細々したことを教わる前に母は亡くなりました。何もできない……です。

――君はまだ十九だ。そういう点では何も期待していない。

その言葉は嘘ではなく、綜馬は結婚すると同時にハウスキーパーに家事を任せる手配をした。母親が仕事に忙殺され、家のことはプロ任せという家庭に育った綜馬の考え方は、想像以上に柔軟だ。

だが、母がいなくても、若くても、家事をきちんとこなす人はいくらでもいる。「君も仕事があるから」と言ってくれる綜馬に、いつまでも甘えているわけにはいかない。

仕事が休みの日はピアノのレッスンもそこそこにして、普段はハウスキーパーに任せている家事に全力を注ぐ。朝から掃除、洗濯を終えると、真新しいリビングダイニングで料理を始めた。難しいものはまだ失敗しそうなので無難に市販のルーを使うカレーにしたというのに、時間ばかりがかかってしまう。

「もう、帰って来ちゃう。急がないと」

トマトを白い皿に慎重に並べながら呟いたとき、マンションの扉が開く音がした。

「あっ……戻ってきちゃった……」

慌てて玄関まで出ようとすると、ちょうどリビングに入ってきた綜馬とかち合う。

「戻って来ちゃ悪かったのか？　聞き捨てならないぞ」

ぶつかりそうになった真名を受け止めて、綜馬が笑う。

「まさか――お帰りなさい。でも、チャイムを鳴らしてくればいいのに」

「一刻も早く顔を見たいんですよ、奥さま」

真名の唇を綜馬が軽く捻ってからかう。

「……シャワーを浴びて着替えてきて。その間にお食事の用意をしておくから」

照れくさくて口早に言うと、いっそう引き寄せられる。

「一緒に入ろうか？　真名」

「わ、私、もう入ったの……お掃除したら汗かいちゃったから」

真っ赤になった俯いた真名の耳に綜馬が唇を寄せる。

「それは残念。でもカレーの匂いのする真名をあとから食べるっていうのも、いいね」

夫になった人の思わせぶりなからかいを言葉でかわせずに、身体中をほてらせた真名は、

「早くしてください」と言いながら綜馬を両手で押し戻すのが精一杯だった。笑いながら綜馬がリビングを出て行くと、真名は頬をぺちぺちと叩きつつキッチンに戻った。

綜馬が支度を終えるまでに食卓を整えようと真名は精一杯手早く動いた。最後に冷えたペリエをテーブルに置いたときにちょうど綜馬が戻ってきた。

「間に合ったわ！　やった！」

思わずそう言うと、綜馬が噴き出す。

「笑わないでください。これでもすごく頑張ったんだから」

頬を膨らませると「ごめん、すまない」と綜馬が真名の肩を抱きよせた。

「ありがとう、感謝してますよ。奥さま」

機嫌を取る甘い声に、真名は自分の子どもっぽい振る舞いが恥ずかしくなる。

「あのね、でも、普通のカレーなの。一番高いのを買ったんだけど……」

結婚してから連れて行かれたレストランでの食事の豪華さを思って、真名は口ごもった。

「可愛い奥さんが作ったカレー以上のカレーはないさ」

優しく真名の頬にキスをしてから席についた綜馬は、いそいそと真名が向かいの席に落ち着くのを見てから口調を改めた。

「せっかくの休みなんだからゆっくりしていいんだよ。行きたいコンサートがあればチケットを取ってあげるし、二人で待ち合わせて外食したいなら、遠慮なくそう言えばいい」

「ありがとう。でも、少しでも自分でできるようになりたいから」

そう言った真名に、綜馬は子どもをあやすような余裕のある笑みを返してきた。

「指を傷つけるんじゃないよ。花型の人参より君の指が大切だ」

カレーに散らしたオレンジ色の花をスプーンで掬った綜馬はいたずらっぽい顔になる。

「大丈夫。炊事とピアノは関係ないもの」

「君の綺麗な指が荒れるのは、俺には大いに関係あるな」

さらりといった声は、真名にもわかるほど大人の色気があり、真名は綜馬の目を見ていられず、自分の手に視線をおとした。

視線の先で左手薬指の指輪が光る。

式は挙げなかったけれど、結婚の証として綜馬が真名の指にはめてくれたプラチナの指輪はまだ新しい。まるで遠慮がちな月の光のように品よく真名の指に絡みついている。

綜馬の指にあるのと同じその指輪を見るたびに、真名は自分が彼のものだと感じる。

嬉しいと同時に、指輪で繋がっている人に相応しい女性になりたい気持ちが募る。

「無理をしなくていいんだよ。真名。君は俺の側にいてくれれば、それだけでいいんだ」

腕を伸ばした綜馬が、結婚指輪が光る真名の左手を柔らかく握ってきた
「……私ね、いい奥さんになりたいの……綜馬さんの役に立って、いいお城を造りたいの」

「ありがとう、真名。でもこれ以上真名がいい奥さんになったら、俺は仕事に行きたくな

くなるよ。一日中君を抱いていたくなる」

蕩けるような笑みを浮かべた綜馬が身を乗りだして真名の鼻先にキスをした。

＊　＊　＊　＊

「皆月、ここのところ毎日会食予定が入ってるんだが、多くないか？」

料亭へ向かう車の中で綜馬は、運転手をする秘書にぼやいた。

「付き合いを断って、飛ぶように家にお帰りになったツケです」

淡々とした口調で辛辣なことを言う皆月の背中を綜馬は軽く睨む。

「家に帰って何が悪いんだ。仕事はちゃんとやっているぞ」

「わかっております。お昼休みもろくに取らずに励んでいただいたおかげで、書類仕事は実に効率よく片付いております」

「だったら、さっさと解放してくれ」

「何を子どもみたいなことをおっしゃるんですか。銅ホールディングス専務の仕事が、それだけではないことは、よくおわかりでしょうに。そろそろ新婚気分から抜けてください」

呆れたように皆月は釘をさす。

「第一、奥さまだって銀露館でお仕事でしょう？　そんなに早く帰る必要はないんじゃありませんか？」

「……だから、余計早く帰りたいんだ」

　窓の外を見ながら綜馬はぽつんと言った。

「どういうことですか？」

「真名が帰ったとき、家にいてやりたい。真名は高校生のときに母親を亡くしてからはずっと一人だ。暗い家に帰って、自分で明かりをつける毎日だった。辛かったとも寂しかったとも言わないけれど、できるだけ明かりのある家で彼女を迎えてやりたいと思う」

　綜馬の呟きに皆月の雰囲気が和らいだ。

「大事にしたいんだ……」

　思わず口から零れ出た綜馬の本音を皆月は聞かない振りをしてくれる。だが、そう言わずにはいられないほど、綜馬は真名が愛しい。

　――いい奥さんになりたいの……綜馬さんの役に立って、いいお城を造りたいの。

　その努力の結果が花型に切った人参なのも、可愛らしくてたまらない。

　結婚指輪をはめた指で、一所懸命に作ってくれたのだろう。

　そのときのことを思い出しながら綜馬は、自分の薬指の結婚指輪に触れて微笑んだ。

　結婚式はしなかったがその分結婚の証になる、この指輪には拘（こだわ）った。

　女性に贈るものなど仕事絡みと決まっていて、いつも他人任せだった綜馬だが、これだけは皆月にも任せず、自分でデザイナーを決めて、一からオーダーした。

――ピアノを弾く女性の指に負担がないように、できるだけ細く、そしてつける女性の指を美しく見せられること。とても指の綺麗な女性だから。

綜馬の希望を形にしたのがこのプラチナの細い指輪だ。

一筋の光のように輝き、真名の白い指にしっとりと収まっている。

今夜も彼女はこの指輪をはめた指で、ピアノを弾いているだろう。

(真名……)

彼女のことを考えるだけで、身体が疼く気がして、綜馬はシートに凭れて息を吐いた。

「皆月、君にはいろいろ言われたけれど、俺は真名と結婚してよかったと思う」

「……そうですか。それなら何よりです」

背中越しに静かな声が返ってくる。

「ああ……俺は彼女のおかげで幸せだ。やっと自分だけの家族ができたような気がする。だから、彼女に何でもしてやって、もっともっと幸せにしてやるつもりだ。これまで不自由していたものを何でも与えてやりたい。知らなかったことを俺が全部教えてやりたいんだ」

綜馬がそう言うと、皆月の肩が少し動き、間が空いてから相づちが打たれた。

「……そうですか」

「納得してなさそうだな．何かおかしいか？」

皆月の声に滲む不穏さが訝しく、綜馬は聞き返す。

「いえ、何も。綜馬さまならそれは可能でしょう。地位も財力もありますから……ですが、奥さまはそれをどう思うかと考えただけです」

「どういう意味だ？」

「恩人のために五万円のチケットを諦めるような方ですから……」

「それは知っている。そういう真名だから、俺は惚れたんだ」

綜馬の答えに皆月は、それ以上はもう何も言わなかった。

＊　＊　＊　＊

仕事を終えてマンションに戻ると、すでに綜馬が明かりをつけて真名を待っていた。

「……遅くなってごめんなさい……ただ今戻りました」

「お疲れ様、真名。シャワーを浴びておいで。食事を温めておくよ」

綜馬はにこやかに迎えてくれるが、真名は気詰まりで返す笑顔がぎこちなくなる。自分が何もしなくても、ハウスキーパーが掃除をして食事を作り、この家庭を維持してくれる。

（私はここにいる必要があるんだろうか）

この二ヶ月の間に、真名の違和感は徐々に大きくなっている。

――それって楽でいいじゃない。セレブ生活じゃないの。

――やっぱり年上だから大人の余裕。

自分で何もしないことへの不安を遠回しに訴えても、銀露館のスタッフには贅沢な惚気と受け取られるだけだったし、この結婚に反対だった田部には、絶対に言えない。

皆月が準備した新居が、更に他人の手で調えられる心地の悪さをどう表現したらいいのだろう。しかもベテランのハウスキーパーは手際が良すぎて、真名より先に綜馬の好物を聞き出して食卓に載せる。そのうえ「下着だけは私がやります」と真名が何度念を押しても「旦那さまの許可は得ていますから」と主張し、すっかり片付けられてしまっている。

母の年齢ほどの彼女に、真名が強く出られないことを見越したように、自分の流儀で家事をしきるハウスキーパーに、真名は居場所を奪われたような気持ちになっている。

「お若い奥さまが可愛くてたまらないんでしょうねぇ。ほんとに、大切なお人形みたいに思ってらっしゃって。こういうのを御蚕ぐるみっていうんでしょうかねえ……うらやましい」――口調だけは優しい、彼女の言葉に棘を感じるのは真名の気のせいではないだろう。

(私は、人形でも置物でもないわ。ここは私のお城だもの)

いくらそう自分に言い聞かせても、役に立っていないことは自分が一番よくわかっている。だんだんと真名は、家に戻るのが辛くなっていた。特に綜馬が先に戻り、明かりのついたリビングに入って行くときは何故か緊張する。綜馬が笑顔で労ってくれればくれるほど、申し訳なさに身が縮む。

（綜馬さんが望んだ二人のお城ってこんなものじゃないはずだわ……。何の努力もしないで幸せが続くはずはないのに、綜馬さんはこれでいいと思っているの？）

いつも笑顔の綜馬の気持ちを掴めず、真名は安楽すぎる暮らしに怯えさえ感じる。

真名の母は夫を亡くして忙しかったけれど、精一杯に真名を育ててくれた。留守番で寂しいこともあったが、母が頑張っていることを思えば耐えられた。自分が成長してからは、下手なりに家事を手伝い、部屋の明かりをともして母を迎えられるのが、誇らしかった。

自分たちの居場所を守ることに手を貸せるような大人になったという実感があった。

家庭とは互いの小さな努力で隙間を埋めて温めていくものではないのだろうか。

綜馬と自分は最初から何の努力もしていない。用意された城の中に、ただ妻と夫という名のパズルのピースとして当てはめられているだけみたいだ。

結婚前に考えていた生活との隔たりに、真名は焦りを抑えることが難しくなっていた。

シャワーを浴びてから食卓につくとハウスキーパーが用意してくれた食事は、綜馬の手で温められていた。

「……ごめんなさい。これぐらい私がするのに……」

「レンジのボタンを押すぐらい俺だってできるよ」

いたずらっぽく笑う綜馬に、真名は引きつった笑みを返すのが精一杯だ。

「どうした？　疲れたのか」

「……ううん、大丈夫」

自分の様子を窺う綜馬から真名は俯いて顔を隠した。

(顔色が悪いのはわかっても……私の気持ちまではわからないんだよね……)

自分の心の動きが理不尽だとわかっているし、綜馬が好意でしてくれたことを責めるようなことを口にできない。

(だって、結局私には何もできないんだもの)

真名らしくもない、少し投げやりな諦めを覚えながら箸を取って食事に手をつける。

「真名、帰りが遅いのは大変だろう？　明日から迎えをやろうか？」

不意の申し出があまりに突拍子もない気がして、真名はぎょっとした。

「どうした？　驚くようなことか？　帰宅時間が遅い妻を心配するのは当然だろう？」

「あ……ええ……でも銀露館に勤めてからはずっとこうだったから、大丈夫。それに――」

慌てて真名は頭の中で断りを考える。

「銀露館のスタッフはみんな、自力で通っているの。私だけ迎えがきたら浮いちゃいます。家庭的なところだから、調和を乱したくないの」

明るさを装った真名の答えに、眉根を寄せて難しい顔をしたものの「それもそうか……

銀露館はそういうところだな」と綜馬は頷いた。

「だったらせめて、帰りはタクシーを使いなさい。渡したカードで払っておけばいいから」

もう決まったことのように言われると、真名はそれ以上何も言えなくなる。

「……はい。わかりました、なるべく……そうします」

なるべく、というのが精一杯の抵抗だった。

家庭を作ることに自信を失いつつある真名は、夫である綜馬に意見を言うことも上手くできなくなっている。ついつい丁寧な口調になるのを綜馬は別におかしいとは思っていないらしく、他人行儀な口ぶりに綜馬は何も言わない。

きっと綜馬にとって、真名は未熟な生徒で、妻ではないのかもしれない。

（これは本当の夫婦じゃないわ……）

けれど彼に近づくきっかけが摑めない。恋人のときには言えた自分の気持ちが、どうして上手く言えないのだろう。結婚が何故気持ちの足かせになるのだろう。

二人の暮らしは始まったばかりだし、こんなことでくじけては駄目だ。真名は食事を飲み込むと、新聞に折り込まれていた地域版の広報を手に取った。

「綜馬さん、明日早く帰ってこられる？」

「どうした？　急に。皆月に聞かないとはっきりしたことはわからないが、今日の明日じゃ無理かな。急ぎの用か」

「……いえ、そうよね。ううん。何でもないの」

手にした広報を背後に回し、隠しながら足元のラックに入れるのを見とがめた綜馬が、優しく叱る。

「言いかけたことは最後まで言いなさい。大切な用ならなんとかするし、どこかへ行きたいなら誰かつけてあげるから」

今まで真名は自分で何でもやってきた。なのに結婚したとたん、誰かに手を引いてもらわなければどこにも行けない子どもになったのか。

真名はこみ上げてきた反抗心に似た気持ちを打ち消しながら、夫に笑顔を向ける。

「あのね、今朝仕事に行く前に広報で見たんだけれど、近くの神社で小さなお祭りあるから、一緒に行きたいなと思ったの。私は明日お店が休みだし、縁日も出るみたいだから覗いてみようかって……秋祭りには遅い時期だけれど、お天気もよさそうだし」

言っているうちに、真名は自分がとても綜馬と縁日に行きたいことに気がつく。

結婚してから綜馬は忙しい中、真名をコンサートや食事に連れ出してくれる。もちろん一流の演奏に三つ星レストランでの食事だ。その場に相応しい身なりをしているうちに、自分でも気づかない間に徐々に垢抜けてきているらしく、銀露館のスタッフに驚かれる。

――やっぱりセレブな奥さまは違うなあ。何か真名ちゃん、風格出てきちゃったよね。

――うん、浮世離れしてきた感じ。

自分が変わったとは思えない真名は、浮世離れの雰囲気がわからずに、聞き返した。

――うーん……大事にされて当たり前、みたいな鷹揚さが出てきたかも。

スタッフの口調に悪気はなかったし、周囲も同調するように笑っていたから嫌みではないのだろうが、自分が高慢になったと言われた気がして、激しい衝撃を受けた。

綜馬と結婚しても自分が変わるわけじゃないと思っていた自信が揺らぐ。

高級なレストランも嬉しいし、今までチケット一枚買うのも大変だったコンサートに簡単に行けるようになったのは、正直とてもありがたい。

けれど自分が本当にしたいこととは違う。

綺麗な服を着て、特別なところは行くのはもういい。何でもないことを拾い上げて、二人の手ひらに乗せて輝かせたい。最初から光っているものを楽しむのは一人でもできる、でも二人だからこそ、些細なことにも光を当てられるはずだ。

真名は精一杯の願いを込めて、綜馬の答えを待った。

「縁日か……そうだね」

穏やかに返してくれた綜馬は、何かを思い出すように懐かしい表情になる。

「いつ行ったきりだろうな……中学生かな……焼きそばとかトウモロコシなんかいいね」

「屋台のってお家で作るのより美味しい感じがするの」

「そうそう、何故だろうね。雰囲気のせいなのかな」

他愛ないものを綜馬と二人、肩を並べて食べることを想像すると、レストランで食事をするより楽しそうな気がして真名は嬉しさで頬が熱くなる。

「そういえば、真名、縁日で金魚を掬いたいって言ってたね」

「あ……」

不意に甦った記憶が恥ずかしくて、真名は熱くなった頬を押さえる。まだ綜馬とこんなふうになるなどと思いもしなかった頃、バーの雰囲気に酔ってついそんな話をした。

好きな人と手を繋いで縁日の人混みを歩き、いろいろな夜店を冷やかして二人で金魚を掬って帰る——真名の小さなお祭りデートのストーリーを、綜馬に話したのはどういう気持ちからだったのだろう。ただ話の接ぎ穂を探していたのか。それともこの人と行けたらいいという無意識の願望だったのか。

どちらにしても真名の小さくて、大切な夢だった。今なら綜馬と叶えられるはずだ。

「……ここなら犬でも猫でも飼えるけど、でもやっぱり縁日の金魚がいいなって……」

口ごもった真名に優しい視線を向けてくれたものの、綜馬はすまなそうに吐息をついた。

「俺はたぶん無理だけれど、金魚が欲しければいくらでも掬っておいで」

それは、一緒に行けないということだ。子どもみたいに泣きたくなり、目の奥が痛んだ。けれど、わかっていたことだ。銅ホールディングスと家庭を切り離したところで、綜馬があの会社の専務であることに変わりはない。

真名は激しい渇望を押し殺して、笑顔を作った。

「じゃあ、私、一人で行ってみる。スマホで写真撮ってくるね。あとで見せてあげる」

楽しそうに振る舞う自分が惨めに思え、真名は用のある振りをして食卓を立った。

翌日、真名はすっかり興味を失った縁日に行くために、着替えを始める。

ここで行かなければ、きっと綜馬は気にするだろうし、一人で何もできない妻だと思われる。なんとか気持ちを引き立てながらソフトジャージーのワンピースに着替えているとチャイムが鳴り、慌てて裾を整えた真名は玄関へと向かう。

セキュリティのしっかりしたこのマンションではセールスが来ることなどはあり得ない。まさか綜馬が先回りして、縁日に一緒に行く人を寄越してくれたのかだろうか。真名は気重くインターフォンの画面を切り替え、映し出された意外な人物に、声を上げた。

「綜馬さん！」

液晶の小さな画面には息を乱したスーツ姿の綜馬が映っている。

真名は、飛びつくようにしてロックを開け、重たいドアを引き開ける。

「どうしたの？　具合でも悪いの？　チャイムを鳴らしてって言っても、自分で開けて入ってくるのに、何かあったの？」

思いもかけない早い帰宅に驚いて、立て続けに尋ねると、綜馬がいたずらっぽく笑った。

「君がまだいるかどうか確かめたくてね。間に合ってよかった――もう出かけたかと思って焦ったな。皆月がなかなか離してくれなくてね。まだまだ新婚ですから仕方がないって、真顔で嫌みを言われたよ」

ネクタイを緩めながら大きく息を吐いた綜馬の首に真名は飛びつく。

「真名。子どもみたいだな」

笑いながら抱きしめてくれた綜馬の鼓動を感じた瞬間に涙が噴き出した。

（私、ずっとこうしたかった……綜馬さんに甘えたかったの）

胸の中に巣くい、これからの生活を危うくしていた霧が晴れてくる。

「……ありがとう。帰ってきてくれてありがとう」

心を込めて真名は伝える。どうして、たった二月ほどの暮らしでこの先のことを不安に思ったのだろう。

時間をかければ絶対にわかりあえるはずだ。

（大丈夫、きっと大丈夫。頑張ればこの先もうまく行くわ）

寄り添う気持ちがあれば、きっとやっていける、幸せになれる。

ぎゅっとしがみついた手に力を込めて、真名は自分に言い聞かせた。

12 擦れ違う諧謔曲（スケルツォ）

真名の様子が少しおかしいのは、気のせいなのか。

綜馬はカウンター式のキッチンの向こうで俯く顔を、さりげなく窺う。

カップに注意深く紅茶を注ぐ顔は少し痩せたように見えるが、一流の美容院でカットした髪にカジュアルでも品のいい服は、真名によく似合っている。誰が見ても真名は結婚前より綺麗になったと言うだろう。だが表情は冴えなかった。

綺麗になった分だけ、鬱屈が透明感のある頬に浮かんで見える。

「真名、最近どこか具合でも悪いのか」

幸せなはずの真名が、そう見えないことが不思議でたまらず、綜馬は理由を探る。

びくんと顔を上げた真名が、何故か怯んだ目で首を横に振った。

「ううん、全然大丈夫よ。どうして」

慌てて作った笑顔がぎこちなくて痛々しく、綜馬の神経をざらつかせる
いつから真名は、こんな不自然な作り笑顔になったのか。

結婚してほぼ半年が経ったが、真名はどんどん変わっていく——悪い方に。

絶対に幸せな顔をさせられると思って結婚したはずなのに、何故だろう。これまで勉強でも仕事でも大きな失敗などしたことがない綜馬には、上手くいかない理由がわからない。真名には結婚前と変わらない暮らしをさせている。銀露館でピアノを弾くことも続けているし、慣れない家事を強いたりせず、ハウスキーパーを頼むことで負担を軽くしたつもりだ。これまで思うように行けなかったはずのコンサートも好きなだけ行かせているし、レストランも、美術館もショッピングもできるだけ時間を作って連れて行っている。

なのにどうして彼女の顔はどんどん暗くなっていくのか。

紅茶を入れ終えた真名は、綜馬と目を合わせず、ローテーブルにカップを置いた。

「綜馬さんはストレートでいいんでしょ」

自分はレモンを入れると、真名は何かを思い悩むようにレモンをスプーンで押し潰した。

「真名、そんなことをしたら紅茶の味が消えてしまうよ」

あ……と我に返って形の崩れたレモンを引き上げた真名の気持ちをこちらに向かせたくて、綜馬は話の糸口を作ろうとする。

「どうした？　何か気になることがあるんじゃないのか。ぼんやりして」

「ううん、何も。アマデウスとシュトラウスの水槽を明日洗おうかなって考えてただけ」

綜馬に見せた彼女の笑みは、薄ら寒くなるほどからっぽだった。

縁日に間に合うように帰った綜馬を迎えた日からまだ数ヶ月なのに、輝くような笑みは欠片も残っていない。あの夜、自分の腕に手を絡め、掬った金魚を手に意気揚々とマンションに戻ってきた真名はどこへいったのか？

アマデウスとシュトラウスと名付けた小さな金魚を見つめる真名の目はきらきらとして、幸せに溢れていた。あの夜、水槽越しに見た真名は綜馬の幸福の象徴だった。

『マナというのは天から降る食べ物』と皆月が言っていた意味が、あのときわかった気がしたのに。

「真名……本当に大丈夫か？　顔色が悪い」

頬に伸ばした手がふっと避けられて綜馬は愕然とした。だが、真名は無意識だったようで、「大丈夫」と呟きながら、感情のない目で見返してきただけだった。

＊　＊　＊　＊

ピアノを弾く指は荒れてもいないし、ネイルサロンで調えた爪もつやつやしている。

そんな指先が弾く音は、銀露館に相応しい艶のある翳りを帯びていた。

真名からは、大人の男を知った女だけが持つ色香が立ちのぼり、片隅にいても目を惹く。

伏せた睫が影を落とす白い頬から、流行の口紅を塗ったふっくらした唇までのラインのあでやかさは、男性客の目を奪い、女性客に微かな嫉妬を起こさせる。

だが真名はそんな視線に何の関心もなくピアノを弾き続けた。

淡々と仕事を終えた真名はロッカーで、赤いコートに袖を通した。綜馬が買ってくれたそれは温かさも軽さも申し分ないが、自分には不似合いな気がして着るたびに身が竦む。

「真名ちゃん、素敵なコートね。旦那様からのプレゼント？」

ちょうどロッカールームに入ってきたスタッフの女性の明るい声にも、真名はびくんとした。

「はい……派手ですよね」

「ううん、全然、すっごくよく似合ってるよ。去年までは地味なのを着てたけど、そういうほうがいいよ。さすがに銅の社長さん、センスいいね」

真名のコートに触れて、うわっと遠慮のない声を上げる。

「カシミア？」

「……はい……みたいです」

まるで悪いことをしたように俯く真名に、スタッフが声を出して笑う。

「せっかくいいものを着ているんだから、胸を張らないと似合わないよ」

背中を叩いてくれたスタッフに礼を言って、真名はそそくさと銀露館をあとにする。

結婚して初めての冬、綜馬が選んだコートは使い回しの利かない深紅のカシミアだった。

コートは数シーズン着ることが当たり前の真名は、黒かグレーにしたかった。だが、綜馬がまた来年は新しく買えばいい、と言って頼みを聞いてくれなかった。

『黒のほうが何かと便利なの。お店でも仕事によっては黒のほうがいいときもあるし……』

『黒は別に用意しておけばいい。普段に着るものとは別だよ』

心底不思議そうな顔をする綜馬に、真名はそれ以上反論できなかった。

（私と綜馬さんの常識は全然違う）

もちろん綜馬の言うことは間違っていないし、いくら銅の家とは関係がないと言っても一応妻だ。何かあったときに綜馬に恥をかかせることはできない。結婚したからにはよほどのことがない限りは、綜馬に合わせたほうがいいのだろう。

けれど小さな行き違いから生まれる棘が真名の心に刺さり、いつしか抜けずに膿み始めていた。ハウスキーパーも、コートも、レストランもコンサートも、どれも小さな違和感でしかないのに、積み重なって真名の呼吸を重くする。

自分の価値観が全く通用しない綜馬との結婚生活は、新鮮な驚きが過ぎたあとは、苦しさの比重が勝った。

（私はただの銅綜馬という男性と結婚したんじゃなかったの？　綜馬さんは銅ホールディングスの銅綜馬の立場が大切なの？……二人で造るお城なんてただの夢だったのかな）

考えごとに囚われて俯きがちに外に出た真名の行く手を塞ぐように、長身の男性が立つ。

「今お帰りですか、奥さま」

訝しく顔を上げた真名は、新鮮な驚きで目を見開いた。

「龍成さん！」

「久しぶり、真名ちゃん」

以前と変わりない笑顔で、龍成が真名を見下ろしていた。

＊　＊　＊　＊

「真っ直ぐ、新居にお邪魔しようかと思ったんだけど、真名ちゃんが銀露館でピアノを弾いている時間だと思って、そっちに先に行ったわけ」

リビングのソファで寛いで説明する龍成に、綜馬は苦笑する。

銀露館から龍成と一緒に戻ってきた真名の明るさに驚き、綜馬はどうしても平静な気持ちになれない。自分には見せない顔を何故弟に見せるのかと拘ってしまう。

「全く、来るなら来ると言っておけ。おまえはいつも突然だな」

「だって計画どおりに休みなんて取れないし、時間ができたらとりあえずやれることやらないとね、真名ちゃん」

コーヒーを淹れている真名に、龍成は辺りが明るくなるような笑顔を向けた。

「新妻って感じだねえ、真名ちゃん。色っぽくなっちゃって、びっくり」

「いやらしいいい方するな」

きつい調子に、龍成が驚いた顔で「冗談だよ、ごめん」と肩を竦める。

「真名、先にシャワーを浴びておいで」

コーヒーを運んできた真名の頬が赤く染まっていることに、胸の奥が奇妙に波立った綜馬はその手からカップを奪うように受け取りながら言った。

「結構、亭主関白？」

おとなしく綜馬の言葉に従って、バスルームに消えた真名に龍成がいたずらっぽい目をする。

「そんなことはない。おまえが自由過ぎるだけだ」

「僕が自由過ぎるのは認めるけどさ。でも、ホントに真名ちゃん、変わったね。ピアノの音も前と全然違う」

コーヒーに口をつけてから龍成は真顔になった。

「ピアノの音？　どういうことだ？」

ピアノに関する弟の意見は、さすがに聞き流せない。

「暗くなった」

龍成は断言した。

「音としては前より銀露館に似合っているし、真名ちゃん自身がすごく大人びて綺麗になっているから違和感がない。でもすごく暗い。というか苦しそうだ」

「苦しそう……そうなのか？」

「うん、真名ちゃんのピアノを最近は聞いていないの？」

そう言われれば、真名が家で弾くのを聞いていない。弾かなければピアノの調子が悪くなると言っていたので、綜馬がいないときに弾いているのだろうか。真名の笑顔と一緒にピアノの音も消えていたことに初めて気づき、綜馬は急にぞくっと背筋に悪寒が走る。

「ね、兄さん……まさかとか思うんだけど……上手くいってるよね？」

珍しく遠慮がちになな龍成を言葉だったが、不意打ち過ぎて笑い飛ばせなかった。

突きつけられた現実に動揺をこらえるのが精一杯で、綜馬はコーヒーカップで口元を隠して誤魔化すことしかできない。龍成もそれ以上は聞き辛いらしく黙り込む。

「いつまでこっちだ」

「うん、十日ぐらいのつもりだけど、わかんないな」

間の悪い沈黙を破り、当たり障りのない話を振ると、龍成も助かったような顔をした。

「長いな、ずっと休みか」

「そのつもり。遊びにきてもいいかな？」

一瞬、真名と龍成を二人きりにするのがいやだと思った。けれど兄という立場が邪魔してそれは口に出せない。

「遊んでいていいのか」

「だって、休みなんだよ、遊ぶ以外何するのさ」

綜馬の屈託に気がつかないらしく龍成は軽く笑う。

「真名ちゃんのピアノを見てあげようかな……なんとなく責任感じちゃうし」

独り言のように付け足された言葉は聞き流せなかった。

「責任って何だ？」

「あ、うん……たいしたことじゃない」

「たいしたことじゃないのに責任を感じるのか」

「いや……まあ……なんていうか、兄さんとの結婚を勧めた手前ね」

綜馬の目が笑っていないのを見て取ったのだろう。精一杯冗談めいた口調だった。

「そうなのか？」

綜馬の声の鋭さに一瞬怯んだ龍成だったが、すぐに食えない笑顔で煙に巻いてくる。

「弟が自慢の兄をお勧めするのは当然だよ。結婚相手として保証するよって、真名ちゃんに言ってもおかしくないでしょ」

笑いに誤魔化されるが、綜馬の腹の奥に暗い疑いが芽生える。

真名は龍成にあれこれ言われたから、自分と結婚したのだろうか——と。

「結婚して一年にもならないんだから、まだ生活のリズムが摑めていないだけでしょ。ピアノをいい発散場所にすればいいんだ。音楽のことは僕にお任せください、兄上」

愛嬌たっぷりに言われると、綜馬はそれ以上何も言えない。

もともと、自力で母の呪縛から抜け出た龍成には敵わないという気持ちがあり、今ひとつ強く言えない。綜馬は、予感に近い嫌な気持ちを抑え込んで、翌日から自分のいない昼間、龍成が真名のピアノを見てやることを許してしまった。

翌日帰宅して、自分でロックを外して扉を開けた綜馬は、部屋の中から聞こえてきたピアノの音に足が止まった。

明るく弾むピアノの音は、出会った頃の真名を思い出させる。

垢抜けないが、初々しさに溢れた姿。サペルニコフのコンサートを駄目にしてしょげていたくせに、綜馬の話一つで目を輝かせた。あのとき綜馬は、自分がとうに失った希望を彼女に見いだした。

あのときの彼女が弾く音は、ピアノが大好きでたまらならないという音だった。

真名が今、どんな顔をして弾いているのか見なくてもわかる。

「ほら、真名ちゃん——弾いてみて。楽譜どおりじゃなくていいからね」

腹に突き刺さる質量を感じさせる音は龍成だ。真名の可憐な音が小走りでついていく。

「龍成さんのピアノはロック？」

音と同じように可愛らしく弾む声が、綜馬の心を鋭く抉った。

「いいや、僕のはいつだってラブソング。人生はラブソングだよ」

龍成が音に合わせて答えると、真名がくすくすと笑う。零れる笑顔が脳裏にくっきりと浮かび、たった今抉られた傷が腐っていく。

人はキスをしている恋人同士より、笑い合っている恋人たちを妬むというのは本当かもしれない。真名とキスした日も回数も思い出せるのに、曇りのない笑顔を見たのはいつだったか思い出せない。

その真名は今、龍成に向かって笑っているのか——。

胸の中で渦巻く焼けつく思いにどうしても足が動かない。耳を塞ぎたいのに塞げない。弟に語りかける真名の可愛らしい声が、綜馬には聞こえよがしとしか思えない。

「甘くないラブソングもあるけれど——」

そう言いながら真名が和音を作ったのが、音の細さでわかる。

「甘いだけが大人の愛じゃない」

龍成が鳴らす和音が真名の音に被さり、重い不協和音を響かせる。その軋みは、綜馬の胸をかき回した。

「そう、愛はときに苦いんだ」

「龍成さんの愛は苦い？」

屈託のない真名の笑い声が、綜馬の不安をどこまでも掻き立てる。

「そう、でも最後には甘くならなくちゃ、愛じゃない――愛は世界を救うんだ！」

まるでコンサートホールでのラストのように龍成が鍵盤を叩いて響かせた。凄まじい音に腹を打たれた綜馬は手に持っていた鞄を取り落とす。

「あれ？　何、音が？　誰か来たよ」

「誰って……いやだ、綜馬さんだわ。ちっとも気がつかなかった！」

いやだ――って何だ。ここは俺の城ではなかったのか。

ぱたぱたと走ってくる足音と、また弾ける笑い声に綜馬は今すぐこの家を出て行きたい衝動にかられる。

龍成はいつも簡単に欲しいものを手に入れる。たぶん彼は彼で、自分は努力を重ねているというに違いない。けれどどんなに努力しても、何も手に入れられない人間がいるのを、弟は知っているのだろうか。

廊下を走ってきた真名の、頬は赤く染まっている。

（真名の頬を染めたのは、龍成だ――俺は何も関係ない）

このとき綜馬は、真名との間に亀裂が生じているのを否応なく自覚した。

＊　　＊　　＊　　＊

綜馬が無口になって、帰りがどんどん遅くなっているのは、真名の気のせいだろうか。

龍成との連弾に夢中になり、彼の帰宅に気がつくのが遅れた夜から、なんとなくひんやりした気配も感じる。あのとき『邪魔したかな』といった綜馬の言い方は、冗談にしては少しきつかった。

(何か気に障ったのかな? でも、龍成さんにピアノを習うのは知ってるんだし。きっと仕事で疲れているのね。何と言っても銅ホールディングスの専務さんだもん)

綜馬の変化の理由を、真名は深く考えようとしなかった。逆にそのほうが龍成とピアノを弾く時間が長くなって嬉しいとさえ感じ、そのことに罪悪感すら抱かなかった。

龍成にピアノが習える奇跡を全身で味わい、思う存分に楽しみたい。

感謝を伝えようとして真名は龍成のために母から教わった、キャロットケーキを焼いた。

誰かのためにお菓子を作るのは本当に久しぶりで、なんとなく心が弾む。

「ホントに簡単過ぎて申し訳ないんですけど、人参を使ってあるのが珍しいのか銀露館の男性スタッフにもこれは好評だったから、食べてみてください」

へぇーっと遠慮のない手つきでケーキを口に入れた龍成は、口元を綻ばせた。

「いけるよ、真名ちゃん。美味しい。器用なんだね」

「全然。できるのはこれぐらいです」

「謙遜謙遜。兄さんも褒めてたでしょう」

龍成の言葉を適当にあしらうことができない。

母から教わったこのケーキを、綜馬には一度も作っていない。真名が綜馬のために何かをすると、彼は礼より先にたしなめてくる。無理をしなくていいと言われているうちに、本当にそんな気持ちがなくなってしまった。

「……綜馬さんは、甘いものが苦手だから」

笑いに誤魔化そうとしたが、龍成が真っ直ぐに真名を見つめてきた。

「真名ちゃん、もしかしたら兄さんに遠慮してる？」

「……別に……何も。だって結婚してるんですよ。遠慮なんて……」

真名はわざとらしく首を傾げて見せる。

「うん、そうだね。遠慮なんて変だよね。でも、ちょっと気になってね」

一旦席を外して手を洗った龍成は真名を促して立ち上がり、ピアノの前に座らせる。

「ピアノは気持ちが出る。今の真名ちゃんのピアノはとっても苦しそうだよ」

龍成は真名の手を取って鍵盤の上に載せた。

「何が苦しいの？　口で言えないならピアノで言ってみて。もちろん聞いても何をしてあげられるわけじゃないかもしれない、でも、言うだけで楽になるってことはあるからね」

優しいけれど強く促されて真名は鍵盤に指を置く。だが真名は龍成のように即興で弾ける才能もセンスもない。ただ、ぽろんぽろんと頼りなく鍵盤を叩くだけしかできない。

「どうしてそんなに自信がないのかな……不思議だな……」

背後から龍成が手を重ねるようにして真名の手を覆い、鍵盤を辿る。

「楽しむんだよ、音楽でも生活でも。自分が主役だと思ってね」

「それは龍成さんみたいな人には簡単なことでも、私には難しいです。何もできないから」

「何もできないって誰が言ったの。まさか兄さん？」

「いえ、そんな」

龍成にしては厳しい聞き方に、真名は慌てて否定する。だが本当はそうなのかもしれない。綜馬の側にいると自分がとても愚かな人間だと思ってしまう。

新居を選ぶときから全部他人任せで、家事をしようにも先手を打たれてしまう。挙げ句の果てに、コート一枚自由に選びきれない自分が歯がゆい。コンサートもレストランも全て、綜馬が選んで与えてくれるだけだ。本当に行きたいところなのかどうか、もうわからなくなってしまった。

給料の半分を使って、サペルニコフのコンサートチケットを買った情熱はもうない。

綜馬に恥を掻かせまいとし、彼のレベルに合わせようとするあまりに疲れ果て、真名はもう自分で判断することができなくなっていた。

「綜馬さんは……何でも知ってるけど、絶対に私を馬鹿にしません。私が勝手に恥ずかしいって思うだけです」

「恥ずかしいわけないでしょう。兄さんと真名ちゃんはいくつ違うと思ってるの？　その年数の分だけ兄さんは知っていることも多くなる。兄さんと真名ちゃんは夫婦であって、教師と生徒ではないんだから、何でも言いたいことを言えばいいんだよ」

言いたいことを言えばいい——それだけのことがどれほど難しいのか、真名は結婚して初めて知った。

ただの知り合いのときは、博識で優しい年上の人と話をすることが楽しかった。恋人の綜馬は、エスコートの仕方も会話も女性の理想のようだった。ときには甘い囁きもくれて、本当に申し分のない男性だ。

けれど夫になったとたん、その存在は重くなる。先回りして何でも決めてしまう有能なパートナーの存在が大き過ぎて、真名は、毎日自分の無力さを突きつけられている。

綜馬と二人で城を造るはずだったのに、何も力にもなれない。

（……綜馬さんを好きなのかどうかも、わからない……）

そう思ったとき、涙がこみ上げてきた。ぽとりと鍵盤に雫が落ちて、龍成の手が止まる。

身じろぎもせずに、真名はただ鍵盤に涙を落とし続けた。

哀しくて辛くてたまらない。綜馬の心が摑めない。結局彼は城を造るために、真名という置物が欲しかっただけではないのか。意志のある自分は必要とされていないという不安で身動きが取れない。綜馬が側にいるのに、いつも一人のような気がする。

自分は綜馬という王の駒。人の駒になることがどれほど辛いか——以前に綜馬が母に対して言っていた意味が、身を以てわかった気がする。

ベッドのこともそうだ。

絶対誰にも言えないけれど、真名は自分から綜馬に触れたことはない。いつも綜馬の気持ちに従って、真名は拒まない。綜馬が手を伸ばしてくれれば、いやということがはばかられ、疲れていても真名は身体を開く。肌寂しい夜、抱いてほしいと思っても、綜馬が背中を向けて眠ってしまえば、きっと疲れているのだろうと先読みをして、その背中に頬をつけて眠ることとさえ遠慮してしまう。

最初の頃、自分から彼に触れようとしたら、「君はそんなことを覚えなくて言い」と言われて、それ以来ただ人形のようにじっとしている。激しく抱かれても抱き返すこともできず、嫌ともいいとも言えず、今では綜馬とのベッドさえ辛い。

溜まったいろいろな淀みが涙になって、真名の頬を止まらずに伝い落ちた。

「綜馬さんの気持ちが……全然わからないんです……私、結婚なんて早かったのかも」

「真名ちゃん……焦らせたのは僕なのか。迷ってた君を急かせてしまった」

そう呟いた龍成の指がゆっくりと背後から真名の頬にかかって、涙に濡れた顔を持ち上げた。覗き込む龍成の目と、真名の濡れた黒い瞳がぴたりと出会う。

「……龍成さん……教えてください……」

この人なら今の自分に出口を与えてくれる気がする。自信に溢れ、自分だけの音の世界を持っている人。真名は、龍成が作り出す自由で新鮮な呼吸を求めて喘いだ。

「真名ちゃん……」

呼応するように龍成の唇も僅かに動く。

初めて演奏を聴いたときから、忘れられなかった。自分を壊すほど揺さぶってくれた龍成の音。龍成なら、この行きも戻りもできない泥の中から救い出してくれる。

「助けて……龍成さん……お願い、助けて……」

「真名ちゃん……」

龍成の顔がストップモーションのように真名に向かって沈み込み、真名は自分の時間を止めて、龍成の瞳を見上げる。

互いの息が熱く、視線が絡み合った。

あとほんの僅かで唇が熱を伝え合う――。

そのとき、テーブルの上に投げ出されていた龍成のスマートフォンが震えて這い回った。

真名もびくっとしたが、龍成の目から視線を外さなかった。

――電話に出ないで。いいえ、出てほしい……。

真名の混乱が瞳から溢れ、龍成ののど仏がゴクリと動いた。

真名を投げ捨てるように放すと、龍成はスマートフォンを摑んで、タップした

13　狂乱の舞曲

　自分を突き放すようにして龍成がマンションを出て行ってから二月が経った。あのときはまだコートがいるほど寒かったのに、春の日射しに変わっている。

　だが真名の心は浮き立つことも、明るくなることもない。

　まるで流れ星のように一瞬の光芒を放ち龍成は消えてしまい、真名はまた暗闇に取り残された。

　傍目には何も変わらないけれど、あれ以来、何かが変わった気がする。

　綜馬はあまり口をきかなくなった。おはようのキスも、ただいまのキスもなくなった。ベッドに入っても、おやすみの一言で背中を向けてしまう。

　冷たくはないが、自分に関心がなくなったように、本を読んだりテレビを見たりしている時間が増えたのは、これが生活というものだからだろう。

（綜馬さんは疲れているんだわ。でもこういうほうが気を遣わなくていいのかもしれない）

　沈黙のほうが真名もありがたく、都合よく考えることに抵抗がなかった。

　これまでどんなときも、辛抱強く接し、包み込んでくれた綜馬がその努力に虚しさを感じ始めたことに、真名は気づけない。徐々に壊れていく綜馬との絆も、自分のことだけに囚われていた真名には、全く見えていなかった。

本を手に背中を向けている綜馬を風景として眺めながら、真名は違うことを考えた。

龍成と弾いたピアノの楽しかったこと。背中越しに回された龍成のしなやかな腕と、長く張りのある指。

「ラブソングは世界を救う！」と即興で謳ったあの声の響きは今でも耳に残っている。

そう、愛がなくては生きられないのに、どうして自分は綜馬と結婚したのだろう。もっと違う相手を選ぶべきだったのではないだろうか。

たとえば、ピアノを一緒に弾けるような――。

そう思うと、真名の唇に触れることもなく、飛び出していった龍成の後ろ姿ばかりが思い出されてならない。龍成が触れてくれた指に指を重ねて、綜馬の向こうに違う人を見ていると、不意に綜馬が振り返ってきた。

「そうだ、真名」

まるで内心を見透かすように目を細められ、真名はぎょっとしながらも、笑顔を作った。

綜馬は真名のそらぞらしい笑顔に真顔を崩さない。

「銅の取引先からバイオリンコンサートのチケットをもらった。一週間後で急だけれど、店が休みの日だし君も行くだろうか？」

綜馬は高名なバイオリニストの名を言った。ソリストの名前と会場名を聞いただけで値段が想像できて、綜馬の日頃の交流のレベルが伝わり、真名の胸は鈍く痛む。

「行ってもいいの？」

「どういう意味だ」

静かな言い方だったが詰問されている気がして、真名は言い訳めいた口調になる。

「銅関係なら私が行ったらまずいんじゃないかと思ったの。一緒のところを見られたりしたら、綜馬さんが困るといけないでしょう」

真名の言葉に綜馬の顔からすうっと表情が消えたが、すぐに平静な口調が返ってきた。

「困るなら最初から誘わないから」

そのまま視線が本に落ちて、言葉だけが真名に向かってくる。

「迎えの車を寄越す。ホールで落ち合うことにしよう」

一人で行けると言う言葉を飲み込んで、真名はテレビに視線を向け、綜馬を視界から外した。


コンサートホールでは、先に到着していた綜馬が真名を待っていた。行き交う人の中で、そのすらりとした立ち姿は一際目立ち、女性たちの視線を浴びている。

以前なら真名は、その側に立つのが自分であることが誇らしかった。若い娘らしい見栄で、ことさら綜馬に寄り添ったりしたけれど、今は形だけ綜馬の隣に立つ。

ここまで真名を送ってくれた皆月が、難しい顔で二人を見ていることにも気づかずに、傍目には夫婦らしく寄り添いながらも離れた心のまま、真名は綜馬と席についた。

センター席で前から五列目。文句なくよい席で、初めて龍成のコンサートを見たときのことを真名は思い出し、温かい記憶に胸を突かれる。あのときは自分の周りに幸運が降り注いでいる気がしていた。

「どうかしたか？」

互いの関係がぎくしゃくしても、綜馬は真名の気分を察して、さりげなく気遣ってくれる。こんなとき真名は、自分がただわがままな気がしてたまらなくなる。

いつだって綜馬は優しいのに、どうして上手くいかないのだろうか。

「あの、綜馬さん」

「何？」

綜馬の声は優しく、笑みも穏やかだ、こちらから話かければ決して無視をしたり、侮ったりしない。どうしてこんなに人に不満を抱く理由があるのだろう。

真名は自分の傲慢さを嫌悪しつつ、綜馬を見上げる、

「あのね……」

自ら話しかけてきた真名を慈しむ視線に真名は顔が熱くなる。最初に会った頃はよくこんな目で自分を見てくれた。

初めて行ったバーの帰り、車の中でキスをしてくれた綜馬はこんな目をした。

――キスされているときは鼻で息をしなさい。

愛おしくてたまらないという声と眼差しだった。

綜馬はまだ自分を愛してくれている――そう真名は感じる。

「綜馬さん、あの――」

すっと伸びてきた綜馬の手が、膝の上に置いていた真名の手に重なる。さっきまでの隔たりが、僅かな肌の触れ合いで瞬く間に溶けていく。

「どうもありがとうございます。このコンサート……こんないい席で……」

気の利いたことは言えないけれど、真名は心からそう言った。

この人は自分を大切にしてくれるし、自分もこの人の側にいたい。そう思って結婚したのだから、もっと努力しなければ駄目だ。何を迷っているのだろう。

このとき真名は、自分を取り巻く霧がふっと晴れたように感じた。綜馬も何かを察したのか、真名の耳元に唇を寄せる。

「真名、帰ったらベッドへ行こう」

ずきんと下腹に響いてくる甘い声だった。

久々に聞く濡れたような甘やかす声に、真名は耳からかっと熱くなる。直接的な誘いの言葉に応えるのは恥ずかしく、重ねられた綜馬の指に真名はそっと指を絡める。綜馬が絡めた指に力を込めて握り返してくれた。

それ以上の言葉は要らない。

満足そうな吐息を残して、綜馬が椅子の背に姿勢を戻し、真名も舞台に視線を向けた。ほどなく客席のライトが落ちてコンサートが始まった。

*　*　*　*

肌を知った男女だけが言える誘いを真名の耳に囁いたときに、真名の心を取り戻せると綜馬は思った。

それぐらい真名は素直で愛らしく、出会った頃の初々しさを甦らせて、垣根のない表情を見せてくれた。

あのあと運命のいたずらとも言うべき出来事がなければ、真名との関係を修復できた。あとから何度も痛みを伴いながら、綜馬はその場面を思い出すことになった。だがやはりあれは偶然ではなく、必然だったのだろう。

コンサートの最後、アンコールのサプライズゲストが予告され、それまでの演奏に興奮して頬を染めていた真名も楽しげに拍手を繰り返す。

「誰でしょうね」

綜馬を見た目は期待にきらきらと輝き、愛しいと思わずにはいられない。本当に今日は連れ出してよかったと、心から思った。

だがゲストが舞台に現れたとき、真名が大きく身を乗り出した。

「龍成さん！」

驚きと喜び、そして何より愛情がこもった声だった。

離れていた愛しい人に、思いもかけずに巡り会った――全身から溢れ出る真名の感情に、綜馬は全身が震えるような衝撃を受けた。

舞台に身を乗り出す真名の横顔は紅潮し、瞳は怖ろしいほど煌めき、明らかな興奮と、迸る喜びを全身で訴える。

綜馬は崩れかける身体を、椅子の背にもたせかけた。

（真名は龍成を愛しているのか？　そうなのか？）

弟――何でもできる自由な弟。綜馬を残して銅のしがらみを振り切って行った弟。

どろどろと渦巻く綜馬の苦しみをよそに、真名は夢中で舞台の龍成に拍手を送り続ける。

「ブラボー！　龍成さん」

周囲の誰よりも大きな声で真名が叫んだ。普段は拍手すらおとなしい真名の異様な興奮振りに、綜馬の心はどこまでも沈んでいく。

尋常ではない真名の熱い視線と声に気づいたように、龍成が不意にこちらを向く。

ほんの一瞬だが二人の視線が絡み合ったと思ったのは、自分の卑しい錯覚なのか。

真名に弾けるような笑顔が零れ、龍成が真名に向かって手を振ったとき、何もかもが終わったと綜馬は思った。椅子に深く身体を沈め、襲ってくる絶望に耐える。

帰宅途中の車の中でも真名は楽しげで、身体が火照っているのが隣の綜馬にはわかった。

(俺には――もう、耐えられない)

自分以外の男性に身体を熱くしている妻にどうやって耐えていいのかわからない。

マンションに戻ると真名がシャワーを使っている間に、スコッチをストレートでぐいぐいと喉に流し込んだ。

何もかも終わった――もう、取り返しがつかない。

(俺が馬鹿だった。俺のせいだ)

龍成は真名の憧れのピアニストだ。憧れが恋に変わることだって充分考えられたはずだ。何故近づけてしまったのだろう。いつだって龍成には一番いいところを奪われてきたのに、どうしてピアノのレッスンを許し、真名を安易に預けたのだろうか。

真名を愛し始めた頃、弟には彼女を見せたくないと感じていた。その気持ちを忘れなければ――。結婚したところで、愛が保証されたわけではない。

大切なものなら隠しておくべきだった。愚かにも見せびらかして取られてしまった。

だが、人の気持ちなど操れない。惹かれ合うときは惹かれ合う。

これはきっと、龍成のコンサートを利用して真名の気持ちを引き寄せた自分への天罰だ。結局は自分のせいだ――綜馬は割れそうなほどグラスを握りしめ、じっと耐える。

あれほど抱きたかった思いもとうに消えた。コンサートなど聴かず、あのときすぐに真名を連れ帰って、思うさま抱けばよかった。綜馬は狂うように後悔する。

けれど今夜彼女を抱かなければ、今日を境に真名は龍成のものになってしまうだろう。

妄想に取り憑かれた綜馬はもう一度酒を呷ると、シャワーから出てきた真名をそのまま抱きすくめてベッドへ連れて行った。

「綜馬さん」

ガウンを剝ぎ取って肌を晒させた性急さに驚いた目をしたが、真名はおとなしく綜馬の背中に腕を回して、いつものように素直に身体を預けてきた。

いったいこの子は誰に抱かれているつもりになっているのだろう、という暗い思いを消せない。自分の手を借りて、誰を思い浮かべるかと思うと、苦しくてたまらない。

自らが疑惑と嫉妬の罠にはまってしまった綜馬は、どうやってみても、自分のものが可能な状態にならなくなった。

（……こんなことがあるのか？）

妻をベッドに引きずり込んだ本人が、不能になるなど始末に負えない。

(いったい、誰のせいなんだ)

自分の理不尽さに気づきながらも、誰のせいにもできないことで、綜馬は苛立った。

「……綜馬さん?」

不思議そうな顔をする真名に更に苛立ちが募る。

(無垢な振りをすれば、人を傷つけてもいいのか? いつまでも、何も知らない子どもを装って、俺を振り回すのか?)

自分でも抑えられない怒りに突き動かされて、綜馬は真名から離れて、身体を起こした。

震える手で何度も前髪を掻き上げて、落ち着こうとした。

身体が自分の言うことを聞かないなど初めてで、叫び出さないのが精一杯だ。

「真名、俺は、今夜は駄目だ――見せてくれ」

「見せるって、何を?」

きょとんとした瞳には、綜馬の苦悩など何も映っていない。

(俺は……いったいこの子の何なんだ?)

激しい苦痛が抑圧できない憤怒に変わり、綜馬は真名の手首を強く握った。

「綜馬さん? どうしたの?」

「だから、見せてくれといっているじゃないか?」

掴んだ手首を引き寄せ、綜馬は背中越しに真名を自分の胸に抱え込む。そして背後から真名の手を握ると、その手を真名の下腹に導いた。

「自分でして、見せてくれ」

「綜馬さん、何を言ってるの？」

怯えた真名が逃れようとするのを、全身で押さえ込んだ。

「今日は疲れていて、君を満足させられないんだ。けれど君の達く顔が見たい」

「……っ、疲れているなら今日はもう休みましょう、ね？」

恐がって声を詰まらせながらも必死に宥めようとする様に、また苛立ちが募るだけだ。

「俺が頼んでいるのに、聞いてくれないのか？　夫婦だろう？　君の秘密を見るのは夫の特権じゃないのか？」

「だって……綜馬さん……あ」

困惑する真名の手をぐっと握って真名の白い乳房を触らせた。

浅ましい言動だと誰よりわかっていても、どうしても止められなかった。

生まれて初めて心から願ってやっと手にした宝物だ。誰にも渡さないし、放さない。彼女の他にほしいものはなかったとさえ思っていた。

「片方の手で胸を触ってごらん。いつも俺がしてやっているのと同じようにすればいい」

綜馬の焦りと怒りが伝わったらしく真名は目を伏せたまま、おずおずと右手で自分の胸に触れ、小さな乳首を軽く摘んだ。

「もっと爪で摘むんだ。痛いぐらいのほうが君はいつも喜んでいるよ」

くっと喉の奥で泣くような声を出して抱きしめた背中が震えるが、綜馬は肩をぎゅっと握って先を促す。

「……ん……」

俯いたまま真名が自分の乳房の先に爪を立て、反動で身体を硬くする。

「ここも触ってごらん。いつもしてあげているようにね」

開いている左手を真名の翳りの奥へと導いた。

「綜馬さん！　そんなのやめて……もう、いいでしょう?」

首を捻って綜馬の顔を見ようとする真名の耳を噛んで、綜馬は真名の手を握って、その抵抗を奪う。立て膝をしていた真名の膝を左右にぐいっと割った。

「あ――や……こんな……こと、やめて……」

泣きそうな声で抗いながらも、綜馬が取らせた姿勢のままで、奥の翳りを顕わにしている真名に、何故か綜馬は煽られた。

「駄目だ。真名――見せてくれ……」

俺を愛しているなら――。

その言葉は言えず、綜馬はなだらかな腹の下から柔らかに翳りを結ぶ花に真名の指を潜

ませた。

「綜馬さん——どうして……なの？　何を怒っているの？　それなら私、謝るから、許して……ね」

困惑しながら詫びる真名に、何故か綜馬の腹に暗い愉悦が立ちのぼる。

自分の理不尽な感情に引きずられる真名に、湿った満足を覚えた。

この子は自分のものだ、この身体も心もまだ手の内にある。

何かに突き動かされるように綜馬は、真名の手を使って、柔らかい秘裂を撫でた。

「く……ぁ」

歯を食いしばって真名は声を堪えた。

「声を出しなさい、真名。俺の指だと思えばいい……」

真名の指を操りながら、綜馬はふっくらした秘裂を開いて、花芽に触れる。

「ぁ……ん……」

自分の指の腹で剝き出しの花芽をこすらされて、真名は綜馬の胸に頭をもたせかけて声を洩らした。

「君の身体の奥から蜜が溢れてきた……真名」

いつもは言葉で煽ることはしないが、綜馬は真名の身体に起きていることを言葉で描く。

「やめて——」

それを拒むように真名が首を左右に振った。

だが指先で刺激された花芽は紅く膨れ上がり、真名が味わっている快楽を見せつける。

「あ……あ、あ……や、綜馬さん……もう、こんなのやめて……恥ずかしい……こんなの、おかしい……どうかしてるわ……ぁ」

「感じることがおかしいのか？　こんなに濡らして、嫌なわけがないだろう。もっとしてほしがっているぞ、ほら……こんなに溢れさせている」

蜜口から溢れた蜜を、真名自身の手で掬わせる。

「いや、はぁ……ん……だからもう……私……や……ぁ」

綜馬の手に操られて、自分の指で引き出される羞恥に、真名は喘ぎながら泣いた。

だが綜馬は奇妙に冷えた気持ちで真名の抗いを肩越しに見つめながら、濡れた指を更に奥へと進ませる。

細いひとさし指を、ぐじゅっという水音を立てて蜜口から隘路に差し込んだ。

「ん――ぁ……いや――そんな」

綜馬の肩に頭をこすり付けて、指から逃れる仕草をしながら、真名の身体は一気に熱を上げた。

さらりとした髪が綜馬の頬を撫でて、柑橘系の香りが漂った。バーに連れて行ったときと同じ香りに、綜馬の中でまた理性が焦げる。

「真名――君は俺のものだから」

彼女の指を身体の中から一度抜くと、綜馬はその指に自分の指を搦めた。真名が零した蜜で二人の指がぴたりと絡み合う。

その指を、綜馬は真名の身体の奥深くに一気に埋め込んだ。

「あ――っ……」

衝撃に仰け反った真名の喉に唇を付けると、どくどくとした鼓動が伝わってくる。その興奮を確かめながら、綜馬は絡めた指を蜜の隘路に浅く抜き差しした。

入り口の襞にこりこりと指が当たり、真名の下腹が波を打った。

「あ……あ……硬い……硬い……はぁ……」

腰をときどきひくつかせながら、真名は呻いた。

指が入り口に当たるたびに、真名の背中に震えが走り、彼女はびくびくと仰け反る。

「硬いの……や……ぁ……」

熱に浮かされたように真名はそう口走って、綜馬の胸に髪の毛をすりつけた。

「硬い？　指か？」

「違う……指じゃなくて、何か当たるの……入り口に……何……ぁ……や……、それいや、苦しいぁ……」

「当たる……ああ……」

肩越しに覗き込んだ綜馬は、真名の身体の中心で動く指に、銀色の指輪を捉えた。二人の薬指にはまる銀の指輪が、真名の蜜で濡れてぬらぬらと光る。

（……結婚指輪か）

真名の細く綺麗な指が引き立つように、文字がやっと刻めるぐらいに細くしたプラチナの指輪。

いつもは人に贈るものなど皆月に選ばせている綜馬が、自分で宝飾デザイナーに注文を出し、何度も確かめたものだった。

（俺が作らせたんだ……月の光のイメージだった）

すれ違った夫婦の行為で、淫らな艶を帯びた指輪に綜馬は皮肉な視線を投げた。

神聖な愛を誓ったはずの指輪が真名を今、激しく喘がせている
（こんなことでしか俺の贈ったものは役に立たないのか——それならそれでもいい）

綜馬の僅かに残っていたはずの理性が、とうとう焼き切れる。

綜馬は真名の中で鍵の形に指を曲げた。入り口の襞に指輪が触れるような角度で指を動かして、刺激を激しくする。

「あ……硬い……あ、いや……綜馬さん……もう許して、お願いだから……あ……駄目なのもう……許して……」

「駄目だ。第一、君のここは濡れて、もう熟れ切っている……達かなければおさまらない

ぞ。素直に言うとおりにしたほうがいい」

「……だって……」

理性を押し流そうとする歪んだ快楽に真名は必死に抗おうとする。

「俺はやめない、真名……君を達かせるまでこのままだ……」

言葉で煽って、指を更に奥まで入れると、覚悟を決めたように真名が目をぎゅっと瞑って自分から腰を揺らした。

この淫らな遊びをやめるには、そうするしかないことがわかったのだろう。身体の中の指を擶く締め付けて、刺激を膨らませようとする。

「はぁ……ぁ……」

「胸も忘れるな、真名」

右手で乳房を握らせると、真名は自分からぎゅっと乳房を握り潰して、紅唇から熱のある息を零す。

しどけなく開いた足の間に蠢く手で、二つの指輪が蜜で濡れて絡まる。

「達きそうだろう、真名？」

「あ……はぁ……綜馬さん……ぁ」

肯定するように瞼を閉じた真名の耳を綜馬な唇でねっとりと舐めた。

「俺の名を呼んでくれ、真名。達くときには俺の名を呼ぶんだ」

「……ぁ……」

快楽を追って頬を染める真名の顔を見ながら、綜馬は指で蜜襞を抉った。

指を追いかけるように、襞が収縮して指にまとわりつく。

二つの指輪が彼女の入り口に当たるように、綜馬は指を抜き差しする。

「あ――ぁ、もう……いや……」

「いやじゃなくて、真名。いいんだろう。嘘をつくといつまでもこのままだ。悪い子はお仕置きしなくてはね」

指の抜き差しを緩めて、入り口の襞を撫でて焦らした。

「もう、許して……お願い……ぁ」

「じゃあ、ちゃんといいって言いなさい、真名……嘘をつく子は嫌いだ――嫌いだ」

（そうだ、嫌いだ――俺は、俺自身が一番嫌いだ）

己の心に目を瞑って、綜馬は真名の耳を噛んで、命じた。

「言いなさい、真名」

「あ……いい……いい……いい……の、だから許して……」

自らの指でむりやりに頂点を引き出される初めての経験に、真名は錯乱したように呻いた。だが真名が昂ぶれば昂ぶるほど、綜馬の心は冷えていく。

自分の感情に目を瞑って、綜馬は浅ましさを装い続ける。

「どこがいい？」

「……なか……いい……だからなか……もっと、して……」

「ん……そうだ――それでいいんだ、真名」

求められるままに綜馬は真名の中で指をぐるっと回す。

「もう……達く……私もう……」

「真名、名前を呼んでくれ……真名。忘れないで、呼んでくれ」

願いながら囁いた綜馬は真名の唇に奪うような口づけをする。

「真名……俺の真名……」

綜馬はもう加減もなく、二人の指で真名の中を抉り擦った。

「あ……あ……達く……綜馬さん……私もう……達く……綜馬さん」

「真名……真名……」

足を開き綜馬に全てを委ねた姿勢で真名は激しく達した。

綜馬の肩に頭を預けた真名の眦から細く涙が零れる。

（真名……愛しているのに……）

収縮を繰り返す蕾に指を入れたまま、拘束するように真名を抱きしめ、愛しいものを穢した罪を綜馬は噛みしめていた。

14　別れの鎮魂曲

（俺は、もう夫ではない。最低の男に成り下がった）

自分の苛立ちを若い妻にぶつけ、抗いの中でむりやりに淫らな姿を晒させてしまった綜馬は、自分を罵った。

（これ以上、真名を引き留めては可哀想だ……今度こそ俺は何をするかわからない）

真名が龍成と笑い合っていたあの夜から一月が経ってもまだ、自分の感情がコントロールできない。

ひたすら辛くてたまらない。今でも変わらずに真名を愛しているからこそ、耐え難い。

誰かを愛する真名を目の前で見ているほど人間はできてない。わがままならいくらでも我慢できるし、知らないことは何度でも教えてやれる。けれど綜馬にできる忍耐は、他人を愛している真名を見ることではない。愛しているから、許せないこともある。

（俺は、真名を愛した。龍成も弟として、ピアニストとして認め、銅から羽ばたくことを止めなかった……それ以上俺に何を求める？　どうして二人揃って俺を裏切るのか？）

もちろん行為としては裏切っていないだろう、真名も龍成もそんな人間ではない。二人をよく知り愛した綜馬は、それだけは信じられる。

だから余計、罵ることもできずに屈辱が深くなる。

真名を辱める自分が許せない。羞恥に泣きながら綜馬の腕の中で絶頂を訴える真名の姿などもう見たくない。一番欲しいあの心が自分のものではないと思えば、いっそう憎くて、なのに愛おしくて、真名の全てを握り潰してしまいたくなる。

（終わろう。俺はこれ以上誰も憎みたくない。……俺もさすがに傷つくのに疲れた）

真名の顔を見るたびに憎しみと愛情にもみくちゃにされる自分に、綜馬は疲れ切り、とうとう真名との別れを覚悟した。真名を辱めた夜から、一週間しか経っていなかったが、綜馬の忍耐は限界だった。

結婚したときと同じように、そうと決めてからの行動は早い。

出社すると綜馬は自分から、秘書室にいる皆月のもとへ向かう。

「急で悪いが、一人用のマンションを探してほしい」

「どんな部屋でしょうか？　条件を言っていただかなければ探しようがありません」

目の錯覚かと思うくらいしか表情を変えなかった皆月は、淡々と聞く。

「運転手の送迎に便利な範囲で頼みたい」

「……それは、どういうことですか？」

「君には最初から世話をかけてばかりだから、隠すわけにはいかないな——真名とは別れることにした」

綜馬は笑おうとしたが上手くいかず、皆月は平坦な視線で見返してくる。

「では、少々立ち入ったことをお聞きしてもよろしいですか？」

「ああ、君にその権利がある。君には世話になりっぱなしだから」

「理由は何ですか？　ついこの間のコンサートもご一緒でしたが……」

「理由は――そうだな、もう愛していないから」

その言葉が二人の間に重たく響き、空気がしんと冷える。

「それは、綜馬さんが真名さんを、もう愛してらっしゃらないという意味ですか？」

「そうだったら楽だったな」

「……誤解ではないのですか？」

皆月の口調はあくまで柔らかく、誰かを責める色は微塵もない。それでも罪悪感を抱えた綜馬は胸の奥が乱されて口調が荒くなる。

「一緒に暮らしているのは俺だ。君にはわからないこともわかってしまうさ」

結婚してからは、滅多に手にしなかった煙草を乱暴に咥えて、なんとか声を抑える。

「最後まですまないな、皆月」

「いえ、差し出がましいようですが、真名さんには……」

「真名にはまだ言っていない。決まったら伝える」

すると皆月の醸し出す空気が凍り、普段は表情を変えない瞳に静かな怒りが立ちのぼる。

「そんな大切なことを真名さんに相談もなさらずに、勝手にお決めになるのですか？」

「言ったところで結果は変わらない」

「それは綜馬さんの言い分であって、真名さんのお気持ちではないでしょう」

「真名の気持ちは関係ない！」

綜馬の顔に怒りを超える絶望が走っても、皆月は怯まない。

「綜馬さん、冷静になってください。結婚を一方的に解消するなど聞いたことがありません。正気とは思えない命令はいくら秘書でも聞けません」

「……すまない、言い過ぎた。だが俺がもう、彼女と一緒にいられないんだ。話しあったところで、何も変わらない。むしろ……言ってはならないことを言って、彼女を傷つけてしまう」

綜馬は胸に溜まった苦しみを吐き出すように声を絞り出す。

「これ以上真名と一緒にいるのは、俺が耐えられないんだ……俺を助けると思って、頼みを聞いてくれ、皆月」

「綜馬さん……」

これまで一度も見せたことがなかった綜馬の苦悩するさまに、皆月は愕然として言葉を詰まらせた。皆月らしくなく、平静を取り戻すように目を閉じて深く息を吸い込む。そして目を開けたときには、いつもの有能な秘書の表情に戻っていた。

「わかりました、すぐに手配いたします。お部屋はなるべく明るいほうがいいでしょう。セキュリティが高くて静かなところ。そんな条件でよろしいかと」

「ああ、それでいい。ありがとう」

頷いた綜馬が執務室に戻ろうとする背中に呼び止める声がかかり、綜馬は振り返る。

「なんだ、皆月」

「一つだけ、申し上げたいことがあります。秘書としてではなく、皆月個人としてですが、お聞きいただけますか」

静かな声音に哀しい色が交じっている。

「……ああ、言ってくれ」

「今度恋をされるときは、お一人で最初から最後まで経験されてみることをお勧めします」

「皆月――それは」

こちらを見る真っ直ぐに眼差しに溢れる真摯な思いに、綜馬は弁解を諦めて、執務室に戻った。

（彼には何を言われても仕方がない。自分でもどうかしていたとしか、言えない）

初めて見たときから何故か心惹かれた。彼女に会ったのは運命だといつしか思い込み、母の反対を押し切って半年後にはもう妻にしていた。銅ホールディングスの銅綜馬ではなく、一人の男の妻でいい、必ず幸せにできると誓ったのに、幸せな時間は本当に短かった。金魚を掬った祭りに一緒に行ったコンサートも今になれば幻のようだ。結局母の言うように、自分と真名では無理だったのだろう。

一年も保たずに終わった結婚など、ままごとでしかなかった。

午後一番には皆月が手配を終えたマンションの契約書を前に、綜馬は自分の愚かさを噛みしめる。

最初から皆月は、真名の若さと綜馬の強引さを心配していた。自分の壊れた家族のことまで持ち出して、諌めようとしてくれたのに、それを押し切った結果がこれだ。

もう二度と恋などしたくないと、綜馬は子どもじみた思いすら抱いていた。

マンションの契約書を手に綜馬は、真名の待つ部屋へ戻った。

「おかえりなさい。私も今戻ったところ。私が先でよかった。キーパーさんが用意してくれた食事を温める間に、シャワーを浴びてきてね」

迎えてくれた真名はどこかあどけなく、見れば平静ではいられない。あれほど辱めて抱いたのに、真名は綜馬が夫だからと言うだけで受け入れてくれた。この顔をもう二度と見たくないと願う自分が人でなしに思える。

渡した上着を、ハンガーに吊しポケットのフラップまでブラシをかける姿はかいがいしく、文句の付けようもない可愛らしい妻だ。

黙っていればまだ失わなくてもいい人から、綜馬は視線を剝がした。

向かい合って食事をしていると、あまりに穏やかであの夜のことが嘘だったような気さえしてくる。

だが綜馬は食事を終えると、後片付けをする真名に声をかけた。

「真名、こっちへ来なさい」

「お茶を淹れるわ、待ってくれる？」

「いい、それよりこっちへ来て、座りなさい」

綜馬の余裕のない口調に驚いた顔で真名は急いでリビングに来た。それでも隣に腰を下ろそうとする真名を遮り、綜馬は自分の前のソファに座らせた。

「何？」

綜馬の様子がいつもと違うことを感じるのか、真名が不安げに視線を揺らす。

「これを見てくれ」

だが綜馬は真名の仕草に引きずられずに、真名の前に書類を広げる。

「何ですか？　マンションの契約書……って？」

「明日から俺は、こちらのマンションで暮らす」

真名が本当にきょとんとした顔で綜馬を見返してくる。父親に難しいことを言われた、子どもみたいな顔に見える。

「あの、どうして?」

「もう君と一緒には暮らせないからだよ、真名」

その言葉に真名の顔が驚くほど青ざめ、綜馬を驚かせる。

この子は未だに自分を愛しているのか?

いきなり湧いた素朴な疑問がおかしく思えて、こんなときだと言うのに綜馬は笑った。

きっと父親に見放されるのに、驚いているだけだろう。父親だから何があっても捨てないとでも思っていたのだろうか。

だが真名は綜馬の笑いに、おろおろと目を泳がせる。

「あの……あの……どうして……? どうして?……私……」

真名が混乱しているのはわかるのに、綜馬は何故かその苦しみを現実として捉えられない。まるで芝居を見ている気がして、気持ちが沈んでいくだけだ。

(俺は冷たい男だったんだな……彼女を解放してやることだけが、俺にできることだ)

その気持ちだけが強くなっていく綜馬の顔と、書類を交互に見ながら真名は訴える。

「……どうして……私……何か……した?」

真名の目に涙が溢れてくるが、ハンカチで拭ってやらなければいけないとか、慰めてやらなければいけないとは思うのに、どうしても言葉が出てこない。

（この娘を慰めるのは、もう俺の役目じゃない）

綜馬の胸を占めるのは心が凍えるような諦めだった。

「……なにか……言って、綜馬さん……」

綜馬の気持ちを手探るさまは、彼女にまだ綜馬への愛情が残っていることを感じさせた。この子は決して自分を嫌っているわけではない。その思いに、綜馬は僅かに慰められた。

自分は本当に、彼女を愛していた。若い柔らかさも、幼いあどけなさも。

それが弟への愛を隠せない残酷さに変わったとしても、引き際は自分が作ってやらなければならない。年若い彼女を、この生活に巻き込んだ自分が果たさなければならない最後の責任だ。

綜馬は向かい側に手を伸ばし、膝の上に置かれた真名の手に触れる。

「顔を拭きなさい」

頷いた真名が、テーブルの上のティッシュボックスから引き出したティッシュで、子どもみたいにごしごしと顔を拭う。

声をかけられ、少し平静さを取り戻す姿が、不意に綜馬の胸を抉った。

こんな幼い子をこんなに泣かせていいのか。

知らない振りをしてやれば、それで済むのではないだろうか。

綜馬はこの期に及んでまだ迷う自分を嘲う。つかの間の情けは、互いをもっと不幸にするだけだ。

「君と一緒に暮らすとき、俺は一生君を愛すると誓ったし、その言葉に嘘はない。今でも君を愛しているよ。だがそれは、君が幸せであることが全ての前提だ。とても残念だけれど、君はもう幸せではないね」

綜馬は静かに言い切ったが、真名はまだ涙で濡れる頬のまま、必死で首を横に振った。

「……私は幸せなのに……どうして……そんなこと言うの、急に……」

「君が嘘を言っているとは思わないよ。けれどね、真名」

綜馬は真名の手を撫でて優しく続ける。

「俺が君に与えたいのは、曇りのない幸せだ。君が自分を押し殺し、息を詰めながら幸せだと思い込む姿を見るのは辛い。それにね、一番の願いが叶っていないんだ、真名。正直に言うよ――」

綜馬は姿勢を戻して、その心を手放すように真名の手を放す。

「俺は、君に私のことだけ見ていてほしい。俺だけを愛してほしい」

一緒にいてほしい、そう言ったときよりももっと、真剣に伝える。

「俺は君を全身全霊で愛した。贅沢だと言われるかもしれないが、同じように返されなければ俺は耐えられない。それが俺の愛し方だし、俺にはそれしかできない。俺はわがままで贅沢な人間なんだ、真名」

「綜馬さん……」

真名の目から伝い落ちていた涙が完全に止まり、顔色が変わった。幼い泣き顔が大人びた絶望の表情に変わる、
急激な顔つきの変化に、綜馬は真名が自分の言ったことを理解したのを悟った。

これ以上の言葉は弁解になり、真名と自分を傷つけるだけだ。

始めるときは言葉を尽くしたのに、終わらせるときの寒々しさはどうだろう。別れの言葉は何であっても、傷が残る。綜馬の胸は虚無感に支配された。

綜馬の気持ちを理解したとはいえ、真名の目にはまだ縋る色があり、今許してやれば彼女は喜んで飛び込んでくるだろう。けれどそれは、今の生活を失う衝撃に耐えられないからで、自分を以前の様に愛しているからではない。

自分から絆を切った責任を取って、綜馬は真名の願いをはねつける。

「俺はもう明日からはここには戻らない。君の荷物を運び出したら連絡しなさい」

綜馬の淡々とした口調は、真名の僅かな希望を砕いたのだろう。唇まで白くなる。

「このことは俺から言い出したことだから、できる限りのことはする。落ち着くまではここにいてかまわないし、新しい住まいのことは皆月に相談してほしい。彼には全て言ってあるから、大丈夫だ」

「……」

薄い息だけで返事は聞こえないが、真名は頷く。

衝撃からそうすぐには立ち直るわけなどないが、綜馬は椅子から立ち上がった。

「おやすみ」

これ以上何を言っても変わらないのだ、その思いだけが綜馬を突き動かし、罵り合いや悲嘆に満ちた言い合いを遠ざけようとする。

「ああ、そうだ。真名」

綜馬は背中を向けたまま、最後に言おうと決めていた言葉を口にする。

「別れてしまえば俺と君は関係ない。君は自由だ。誰に気兼ねすることもない。銅とも何の関係もなくなる。この先は君のしたいようにしなさい」

これが自分の精一杯の譲歩だ。

背中でそう伝えた綜馬は、真名を置き去りにして部屋を出た。

＊　＊　＊　＊

置き去りにされた真名は、何が起きたのかを必死に考えた。

わかっているのは、綜馬が二度と戻ってこないということだ。

信じられないことだけれど、明日から、綜馬は自分の側にはいない。だから銅のこととは関係なく、私と結婚してくれたんだもの……もう、戻ってこないんだ)

(綜馬さんは、一度決めたことは絶対に変えない。だから銅のこととは関係なく、私と結婚してくれたんだもの……もう、戻ってこないんだ)

初めて綜馬に出会ったときからのことを真名は思い返す。

楽しみにしていたコンサートを諦めてピアノを弾いた夜に出会ったこと。龍成のピアノコンサートに初めてのキス。初めて抱かれた日、どこまでも気遣ってくれた腕――楽しかった思い出ばかりが押し寄せてきて、真名は声を殺して泣いた。

――俺は君を全身全霊で愛した。同じように返されなければ俺は耐えられない。

優しいけれど厳しい人。綜馬が言っていることは真名の胸を貫く。

綜馬はとっくに、真名の気持ちが揺れていることを見抜いていた。それでも上の空の自分を責めることもせずに、夫として誠意を尽くしてくれた。

(放っておいくれるほうが楽なんて、私が馬鹿だった……なんて酷いことをしたんだろう)

綜馬の愛は、激しくて、どこまでも一途だった。まるで少年みたいに、真っ直ぐだった。

(私は、綜馬さんを勝手に大人だと思い込んでたんだ……一緒にいたのに、全然わかってあげなかったんだ)

年齢と、落ち着いた外見に惑わされて、彼の一途な愛し方を理解しなかった。

あれほど真名を思ってくれた人に、自分の愚かな迷いが見抜かれないわけはない。

どんなに遅くなっても、会話をする時間を作ってくれた人が無口になり、ベッドでも背中を向けるようになった。それを束縛がなくて、楽だと感じたのは、彼の愛情が無尽蔵と思い込み、そこにあぐらをかいていただけだ。

愛情は生き物だ。愛という名前の水を、常にやらなければ枯れていく。

綜馬の愛情が枯れてきているのに、いくらでも気づけたはずなのに、見ようとしなかった自分は本当に愚かだ。二人で作るはずの城は、自分のせいで脆くも崩れてしまった。

（もう、取り戻すことなんてできないんだ……私の王さまはいなくなったんだ……）

真名の身体に、ようやく現実が染み渡っていく。

ごめんなさい、ごめんなさい――もう戻らない人に詫びながら、真名は一晩中ひたすら涙を流し、一睡もしないまま朝を迎えた。

だが泣きはらした真名の目を見ても、綜馬は何も聞かなかった。

別れる自分への優しい冷たさに、真名は再び溢れ出そうな涙を必死でこらえる。

真名はいつもどおり、綜馬に上着を着せかけた。毎朝、当たり前のようにしていたこんなささやかな行為も、これが最後だと思うと、手が震える。

「ありがとう、じゃあね、行ってくるよ」

綜馬はごく普通の態度で、家を出るときのいつもの言葉を口にする。

「……いってらっしゃい。気をつけてね」

真名も掠れた声でなんとか返すと、綜馬が頷いてから重いドアを開ける。

「早く、帰ってきてね」

そう言ってしまった真名は、急いで口を押さえた。

間違ってしまった――言っては駄目な言葉だ。

だが綜馬は振り返ると、真名の間違いを可愛いとでもいうように笑ってくれる。

「そうだね……真名」

真名が最後の感謝を込め、薄い笑みを見せると、綜馬が右手を伸ばして真名の片頰を包む。

（あったかい……なんて温かいのかな）

真名は自分の手をその大きな手に重ねた。手のひらから伝わる馴染んだ温もり。これがあればもう本当に何も要らない。

もう一度だけ――チャンスが欲しい。

微かな希望が浮かんだ次の瞬間すっとその手が抜け、真名の手と頰の隙間にひんやりと風が吹き抜けた。

「じゃあ」

綜馬の大きな背中が扉の外に出て行く。

手を伸ばそうとしても身体が動かず、広い背中が扉の向こうに消えていくのを見ていることしかできない。

行かないで――。

声にならない悲鳴を押し潰すように重い無慈悲な金属音を立てて、扉が閉まった。

どれほどの時間、その扉を見つめていただろう。

重たい扉は二度と綜馬の手で開けられることはないと考えたとき、真名は、自分もまたここから出て行こうと思った。

彼の背中を消したこの扉を見るたびに、彼を傷つけたことと自分の愚かさを思い出して、泣いてしまうだろう。

（泣いても戻らないのなら、綜馬さんにこれ以上迷惑をかけないことが私にできることだ）

そう決めた真名は、自分を励まして荷物を作り始める。

妻としての立場で、綜馬に買ってもらったものは持って行く権利はないから、真名は僅かなものだけを手に取るが、それでもなかなか進まない。

全てのものに綜馬との思い出がある。一年もない短い時間でも、綜馬と暮らした証は確かに真名の身体に刻まれていた。触れるもの一つ一つから綜馬の香りがする。

一緒に居るときは気がつきもしなかった綜馬のトワレの香り。大人の香りが真名を包み込み、未だに胸が熱くなる。泣きそうな思いを振り切って、真名はほとんどのものをゴミ袋に投げ入れた。

結局、母の形見の楽譜と当座の着替えだけを、小さなボストンバッグに収めおえた。

哀しみに浸ってしまえば二度と立ち上がれない。本能で察した真名は気力を振り絞って、行動を急ぐ。悪者になることを怖れずに自分から別れを切り出してくれた綜馬へ、まだ妻である自分ができる最後の仕事だ。

唇を引き結んでこみ上げる感情を抑え、真名はバッグを抱えて玄関へ向かった。

一瞬綜馬の声が聞こえた気がして振り返ったが、自分のものが一切なくなった広い部屋には、温かかった暮らしの残像さえ残っていない。

真名は重い扉を開けて、全てを失うために外へと踏み出す。鍵は部屋の中に残してきたから、オートロックが閉まれば自分には開けられない。未練を振り切るように真名は扉を閉めた。

これでいい——そう思った目の隅で薬指の指輪が光り、真名は吸い寄せられるように銀の輪を見つめた。

結婚指輪として綜馬が贈ってくれたプラチナのリング。

『to MANA from SOHMA』の文字と、結婚した日が刻印された絆の証。

（あの夜……この指輪で私は——）

最後に綜馬とベッドを伴にした夜に、この指輪が果たした淫らな役割が蘇ってきた。

（あの夜に、この指輪は意味が変わってしまっていたんだわ……）

綜馬が別れを切り出すもっと前に、この指輪は神聖な価値を失っていたことに気づく。

真名は目を閉じたまま指輪を抜き、メールボックスに落とす。かちりという小さな音は、
マンションのロビーを出ても真名の耳に残っていた。

家を出た今日が、梅雨の晴れ間で青空なのがありがたい。

小さな慰めを真名に与えてくれる空を仰ぎながら、真名は駅までの道を歩く。

電車に乗ってから、真名はスマートフォンを取り出した。綜馬の声を聞けばきっとまた
泣く。電車ならメールしかできないからちょうどいい。真名はひとさし指でゆっくりと文
章を作っていく。

「家を出ました」

それから何を言おうか。迷う真名の指が彷徨った。

ありがとうございましたも、ごめんなさいもきっと無意味だ。詫びることは綜馬をか
えって傷つけるだろう。

(ああ、大切なことを忘れていた)

真名は少し微笑んでボタンを撫でる。

「金魚をお願いします」

これでいい——哀しい満足を感じながら真名は送信ボタンを押した。

メールが送信されたのを確認すると、真名は綜馬の番号とアドレスを消した。

＊　＊　＊　＊

皆月が執務室に入ってきたとき、綜馬は真名のメールに揺れた気持ちを持て余している最中だった。

潔く素早い行動と別れのメールは、いろいろな意味で綜馬を打ちのめす。

(睫も開かないほど泣いていたのに……真名)

なんらやましいことはないだろうに、それでも言い訳一つしなかった。綜馬のプライドも、激しいくせに狭量な愛し方も全て理解したように、最後は凛として振る舞った。

あんな子には二度と会えないだろうと、不意に湧いた思いが確信に変わる。守ってやらなくてはならないか弱い存在だとばかり思っていたが、真名の本質を見誤っていたのではないかという恐怖が襲ってくる。

自分が惹かれていたのは幼さでも無垢さでもなく、真名の芯に宿る潔さであり、強さだったのかもしれない。大切な人のために、五万円のチケットを諦めてピアノを弾いた芯の強さと潔さを、いつから侮っていたのだろうか。

綜馬は今更ながら、取り返しのつかないことをした気がする。

今だって信じられないくらい深く愛しているのだ――だから苦しかった。

失ったものの大きさを知るのはこれからなのだと感じて、綜馬は動揺する。

それでも皆月にそんな顔を見せられず、綜馬は平静を装って目を上げた。

「今、真名さんから連絡がありました」

「そうか、私のところへも連絡があった……もう部屋を出たそうだ。今後のことは君に相談するように言っておいた。部屋の手配や手続きをしてやってほしい。生活費は一括で振り込んでやってくれないか。だらだらと関係が続くのも、彼女には辛いだろうから」

だが綜馬の頼みに、皆月が冷や水を浴びせてきた。

「それでしたら、私物は持ち出したからと、後片付けだけを頼まれました。それで……残ったピアノは処分してほしいということなのですが」

いいのでしょうか？ という言外の響きに綜馬も驚く。

「まさか。あれは真名が母親から譲り受けたもので、とても大切にしていたものだぞ」

「はい、私もそう聞いていましたので念を押しましたが、もう不要だからと」

「本当にそう言ったのか？」

「もう必要ないとはっきりおっしゃいました。それから部屋も自分で探すから、手助けは要らないとも言われました」

平板な皆月の口調が、綜馬には自分を責めているように聞こえる。

「いったい……どういうことだ」

「自分は綜馬さんとは関係がなくなったから、綜馬さんの秘書である私に、ものを頼む立場ではないと、そう言われました」

「そんな……」

「遠慮しないでくださいと言っても、遠慮ではなく、本当にもう銅とは関係がないからと、しっかりした口調で繰り返されただけです」

皆月の前で、綜馬は襲ってくる目眩に耐えきれず目頭を押さえた。

「最後までお世話になりました、と、真名さんは私をねぎらってくれました。明るい声に聞こえましたが、顔は見えませんから、本当のところはわかりません」

綜馬の衝撃を目の当たりにしながらも、皆月はためらわずに追い打ちをかけてくる。

忠告を聞き入れず、若い真名を傷つけた綜馬の愚かさを怒っているのだろうが、綜馬も自分を許せない。

――銅とも何の関係もなくなる。

確かにそう言ったが、それは別の意味だった。

結局最後まで真名とは通じ合えなかった。あんなに好きだったピアノまで捨てたいと思わせてしまったのか。

楽しげにピアノを弾いていた真名のきらきらした目を思い出す。毎日手入れをしていたピアノで真名は綜馬のために弾いた。クラシックもジャズも、ときにはポップスも、綜馬が気まぐれでするリクエストに、嬉しそうに応えてくれた。

——綜馬さんのために弾くのが嬉しいの。

真名の全てだったピアノさえ、綜馬につけられた傷の痛みから手放そうとしているのか。

その責任は真名が立ち直るまで、自分が負わなければならない。

「……あのピアノ、手入れをしながら預かってくれるところを探してもらえないか。もしかしたらまたいつか……弾きたくなることもあるかもしれない……そのときまではこちらでなんとかしておきたい」

「承知しました」

「それから、皆月。金魚は大丈夫か?」

「金魚ですか」

綜馬は笑顔になり損なった顔のまま、皆月に言う。

「真名が置いていったんだが世話を頼まれた。普通の和金だけれど、名前はご大層にアマデウスにシュトラウスだ」

「それは、また……買ったのですか?」

「いや、縁日で掬ったんだ。真名が……近所の境内の祭りで」

ああ、と呟く皆月が心当たりのある顔をする。まだ新婚の頃、綜馬が無理を言って早く帰った日のことを覚えているのだろう。だが皆月それには触れず、「そうですか」と頷いただけだった。

「わかりました。マンションを解約するときに引き取ります」

「何から何まですまないな。感謝している」

徐々に押し寄せてくる深い哀しみが、綜馬を蝕む。

その哀しみは、真名が銀露館も辞めてしまい、消息不明になったと聞かされたときに、強い衝撃となって綜馬を打ちのめした。

15　決別の瞑想曲（メディテイション）

真名は郊外にある、Ｒｉｐｏｓｏという小さなイタリアンレストランでスタッフとして働き始めた。オーナーは田部の友人で、銀露館をやめるとき田部が紹介してくれた店だ。反対されていた結婚を失敗した負い目で、これ以上田部に迷惑をかけたくはないと尻込みした真名を、田部は優しく叱った。

「娘が一度や二度躓いたからって、見放す親がどこにいるんだい？　気が済むまで好きなことをしたら、いつでも戻っておいで。待っているからね」

そう言ってくれた田部の前で真名は涙をこらえるのが精一杯で、満足な返事も返せなかった。自分を支えてくれる人がいることを、以前よりもっとありがたく思える。

Ｒｉｐｏｓｏはイタリア語で休憩という意味らしく、レストランは気取りのない温かい雰囲気で、小さなピアノも置いてある。だが真名はピアノを弾くことはなく、ひたすら身体を使って動き回っていた。

新しい環境に慣れることと、忘れることに精一杯だ。母のピアノを捨ててしまったことも、ピアノを弾くことから遠ざかってしまうことの意味も、深く考えられなかった。

綜馬にまつわる全てを忘れることでしか、前に進むことができない。傍目にはしっかり見えても、真名は深く傷つき、昨日までの自分と違うものになろうと足掻いていた。

身体の傷と同じで、心についた傷もきっと癒えるときがくる。自分以外は誰も治せない傷を抱えながら、そう信じるしかなかった。

綜馬と暮らしたマンションを出たその日から、真名の時間は止まり、季節の移ろいもぼやけている。真名が最後に覚えている空は、別れの日に駅まで歩く道すがら見た、梅雨の僅かな晴れ間だった。

少ない荷物の中から半袖を引っ張り出したときでさえ、真名は夏が来たことを意識できずにいた。脆くなった心を守ろうとするあまり、身体中の感覚が眠っているようだ。

じりじりと肌を焦がし始める夏の暑さも、肌から身体の中に入ってこない。暑さにも寒さにも鈍くなっている自分は、きっとこのまま秋が来て冬になってもわからないだろう。

喜びや楽しさを手放す代わりに、やがて哀しみも苦しみも感じなくなる。

諦めに近い安定を得始めたある日、店の小さなカウベルが鳴って扉が開く。

振り返った真名の目に強烈な光が飛び込んできた。

「真名ちゃん、捜した！」

不意に店に現れた人の顔は、逆光に照らされて表情がわからない。けれど夏の日射しを受けていっそう激しくオーラを放つ人を、真名が見誤るはずがない。

「……龍成さん」

眩しさに目が眩みかけて初めて、真名は夏が訪れていたことを感じた。

「どこに行ったのかと思ったよ」

仕事が終わるまでわざわざ待っていてくれた龍成と、店の近くの喫茶店で向かい合うと、龍成がそう口火を切った。

彼らしくもない真剣に心配する声に、真名は俯くしかない。けれど申し訳ないと思う気持ちとは裏腹に、龍成が心配してくれていてくれたことに、浅ましく心が弾んだ。

あんなふうに別れてから、会うことはなかった。

もし会えば、次は本当に何かが起きてしまいそうな気がしたし、龍成も同じ気持ちだったから、ぱったりと姿を見せなくなったのだろう。

このまま他人より遠い人になっていくと思っていたあの日、サプライズゲストで龍成を見たときに突き上げてきた喜びを抑えることができなかった。行き詰まっていた綜馬との結婚生活の中で、自分を支えてくれた光を再び見たとき、真名は我を失った。

もしあの小さな秘密がなければ、サプライズゲストのことも先に知っていただろう。真名は必要以上に驚くことも喜ぶこともなく、今でも綜馬と暮らしていたかもしれない。

過去の出来事に「もしも」などないことを知りながら、愛を一気に失った真名は何度もそう考えた。

けれども、龍成のほうは重ならなかった昏のことなど、とうに忘れているのだろう。だから手間をかけて真名の行方を捜し、こんなところまで会いに来てくれたに違いない。

真名を見る龍成の顔には、安堵と怒りが交互に浮かぶ。

「誰も僕には連絡してくれないし、日本に来たらもう兄さんと一緒にいないって聞いて本当に驚いた。皆月さんに百回ぐらい頼み込んで、ここにいることを教えてもらったんだ」

頭を下げて詫びながら、皆月が自分の口座に振り込んできた信じられない金額を、真名は苦々しく思い出す。

夜逃げをしたわけでもない真名の行く先を探すことなど、皆月にはわけもなかっただろう。そして、要りもしない金を皆月名義で押しつけてきた。

それが綜馬の指示による生活費という名前の慰謝料だということはすぐにわかったが、真名は礼を言わない代わりに、手を付けてもいなかった。

暗い思い出に引きずり込まれそうな真名は、それを振り払って明るい声を出す。

「すみません。でも、もともと周囲にお披露目して一緒になったわけじゃないですから、別れたからと言って、特にお知らせするようなところもなくて――よく考えたら私、本当に綜馬さんの奥さんっていう感じじゃなかったんです」

二人の仲があやふやで脆かったことを、真名は改めて思い知った。

『結婚式はしなくてもいいから、何かそれに似たことをしなさい』と、あれほど田部が勧めたのは、決して親代わりの余計な口出しではなかった。

結婚は周囲に宣言し、覚悟を決めなければ続かない難しさがある。簡単に壊してはいけないという決意の儀式が必要だった。

真名は自分の甘さを今になって噛みしめるしかない。

「しかたないじゃない。美保子さんは絶対に認めないし、正成さんは頼りにならないんだし。夫婦の形は一つじゃないでしょ」

その夫婦の形を真名は綜馬と作れず、ただの同居人のようなもので終わった。

「兄さんは極端だからね。昔からそう。All or Nothing」

「……何のことですか?」

「うん、好きなものが全部手に入らないなら、一切要らないっていうところ。兄さんが絵を描いていたのは知ってる? ああ見えて兄さんは絵がすごく上手いんだ」

「いえ……知りません。聞いたこともありませんし、一緒にいたときもいたずら描きを見たことさえないです」

訝しい顔になる真名に、龍成が苦く笑う。

「そうだろうね。兄さんはいつも100かゼロかなんだよ。でも、僕がピアノを弾くみたいに、兄さんは絵が描けた。教師にはそっちに進むように熱心に勧められたんだけど、美保子さんが余計なことを指導するなって、学校に怒鳴り込んだぐらい」

　驚きで目を見開いた真名に、龍成が苦しそうな顔をする。

「中学のときは、レベルの高い美術展でいい賞をいくつももらっていた。大人向けのコンクールでも賞に食い込むぐらいだったみたい。兄さんとは五つ違いだから覚えていない部分もあるけど、絵のことは忘れない。それぐらい才能があったんだ。それなのにある日を境に兄さんは絵を描かなくなって、ラグビーを始めた」

　龍成はテーブルを神経質に指で叩いて、苛立った口調で続ける。

「兄さんはきっと絵が描きたかったはずだ。本当に上手かったし、それ以上に描いているときの兄さんの集中力はすごかった。僕がピアノを弾くときと同じだ。他のことは耳に入らない……子どものときの記憶しかないけれど、鬼気迫る何かがあったと思うから忘れてないんだ。集中力は才能の一つなんだよ。兄さんには間違いなくそれがあった」

　きっぱりと龍成は言い切った。

「でもね、美保子さんがそんな役に立たないものは絶対に駄目だって、先生に抗議をした日に絵の道具を全部ゴミ袋に突っ込んだ」

　ぎょっとする真名に龍成の顔色も沈む。

「母親のやることじゃないけれど、美保子さんは母親じゃなくて、上司だからね。逆らう部下は許さないんだ」

　母を企業人としては一流、母としてはわからない——そう言った綜馬の言葉の意味がおぼろげに見えてきた。

「僕はまだ子どもだったけど、あのときの兄さんの顔は忘れられないよ。哀しいとか辛いとかじゃなくて——表情がなかった」

「……ひどい」

　龍成と綜馬の親だが、つい責める言葉を口にしてしまう。子どもの才能をそんな形で潰す親がいるのが真名には信じられない。同時にそのときの綜馬の痛みが肌に感じられる気がして、心臓が握られるような息苦しさに襲われる。

　それほど才能があるとは言えない自分だって、音大を思い切ることは辛かったのに、綜馬はどうだったのだろうか。

「それでも絵を趣味にするとか、息抜きに描くぐらいは許されたと思う。でも兄さんは一切しなかった。絵を自分の人生から全て排除したんだ。あの頑なさは何なんだろう」

　きっとそれは頑なのではないと、真名は感じた。

『君に俺のことだけ見ていて欲しい。俺だけを愛して欲しい』——あの綜馬だからこそ、絵にも全てをかけていたのだ。

　片手間には大事なものを愛せない。全身全霊で愛しぬく。綜馬はそういう人なのだ。

「たぶん、それが綜馬さんなんです。そうじゃなければ綜馬さんじゃなくなります」

真名の呟きに、龍成が目を瞠ってから、そう、と言った。

「やっぱり真名ちゃんは兄さんをよくわかっているんだね……やり直せないの？」

その問いには首を横に振るしかなく、龍成は痛々しい表情を浮かべた。

「そうか……真名ちゃんが決めたことだから周囲がどうこう言うことじゃないね。元気そうで安心したよ」

笑顔に戻った龍成は、乗ってきた車で真名をアパートまで送ってくれた。

「真名ちゃん、本当にもう兄さんとはいいの？」

古いアパート前の暗がりの中、車を降りる前に念を押される。

「私にそんな資格はありません」

「どうして？」

近づいてきた龍成の顔に真名は身体が硬直する。

「恋に資格なんて必要ないけど……兄さんと駄目になったのは……まさか、僕のせい？」

唇が触れそうな位置で尋ねられ、真名は息を詰めて顔を背けないのがやっとだった。

「……そうなのか、やっぱり」

「……いえ……まさか……そんなことはありません」

言葉とは裏腹に、心が揺らぐ。自分の役割が奪われていくような綜馬との暮らしに怯え、龍成の明るさに救いを求めた。ピアノを弾く龍成となら、言葉がなくても心が通じ合えるような気がして、あの結婚は失敗だと思うようになった。

　綜馬はその真名の迷いに気づいて、別れを切り出してきたのだ。全く関係がないとは言い切れない。

「僕のせいじゃないならいいけど……」

　独り言のように呟いてから、龍成は不意にひどく色香のある笑みを浮かべる。

「真名ちゃん、僕のこと嫌い？」

「まさか！　最初に会ったときからずっと素敵だと思っています」

　その是非など深く考えもせず、真名は反射的に答える。

「僕も真名ちゃんは可愛い。こんな妹がいたら僕の子ども時代はもっと楽しかっただろうと思ったよ」

　姿勢を戻した龍成が、赤ちゃんの妹をあやすみたいに顔中で笑う。

「僕は音楽がわからない人とは話せない。言葉が足りない分、僕は音楽で話してしまうから、それを聴いてくれない人とはわかり合えない」

　初めて龍成の演奏を聴いたとき、確かに彼の音楽は真名の心に直に語りかけてきた。感情よりも強く、真名の肉体を揺すぶったのを、今でも生々しく思い出せる。

「真名ちゃんは僕のピアノについてきてくれた。一緒に弾いたときに思ったよ。言いたいことをわかってくれるってね」

「あれをわからない人なんていません。龍成さんの演奏はとても、激しくて優しくて……誰だって心が動きます」

「ありがとう。君が僕をわかってくれるように、僕は君のピアノがわかる。兄さんとの恋が始まったときも、悩んでいたときも、苦しんでいたときも、僕は君のピアノでわかった」

「……それは、私が未熟だから」

「違うよ。君は僕と同じで、ピアノで話す人だ。それは技術の問題じゃないんだよ。テクニックがあって上手くても、心が入れられない人はいくらでもいるさ。僕は世界中でさんざん見てきたからね」

そのときだけ龍成は音のプロらしい顔になった。

「君は僕と同じ種類の人だ。僕は自分のしたいようにしかできないけれど、君とならきっとやれる。――真名ちゃん、僕と一緒においで」

意を決したように龍成が真名に告げた。いつもの茶化した様子は欠片もなく、茶色の濃い瞳が険しい。

「兄さんより僕のほうが、きっと真名ちゃんを幸せにできる」

「……龍成さん」

前に向き直った龍成は、フロントガラス越しに光る細い月に目を凝らしたまま、強い口調になる。

「真名ちゃんを兄さんに預けたのは僕の失敗だった……。真名ちゃんはまだ結婚したくなかっただろうに、むりやり急がせたから」

「そんな……決めたのは私です」

そう言いながらも、真名は自信が揺らいでいる。

あのとき、綜馬とどうしても結婚したいという、焦がれる思いがあっただろうか。一緒になれなければ、生きている価値がないと思い詰めただろうか。

違う、と真名は卑怯な自分を認めるしかない。

誰もが自分を置いていってしまうようで怖かったから、自分だけの巣を探し、逃げ込もうとした結婚だった。

綜馬が心地のいい巣を作ってくれそうだったから。そして素晴らしいピアノを弾く人が、その思いを後押ししてくれたから。

他人に頼るばかりだった真名の初めて恋は、夢のように始まって、簡単に破れた。

弾き手のいなくなったピアノのように、唐突に恋も終わった。

もしかしたら龍成のコンサートで味わった熱気に、ずっと酔いしれていただけかもしれない。その音を聞かせてくれた綜馬への感謝を、愛と取り違えのだろうか。

「僕はね……真名ちゃんの気持ちより、兄さんの気持ちを優先したんだ。どうしても兄さんに幸せになって欲しかった。生まれたときから銅を継ぐのが決まっていて、あんなに好きだった絵もやめさせられた。兄さんはいつだって我慢ばっかりだったから」

「でも龍成さんはピアノを続けたんですよね？　綜馬さんだってやろうと思えばできたんじゃないですか……」

「それは違う」

　龍成の声が尖った。

「兄さんは長男だ。兄さんが継がなければ誰もやらない。兄さんが会社を継いでくれたから、僕は銅を逃げ出せたんだ」

　銅を逃げ出せた、その言葉に龍成の言い尽くせない苦しさが滲んでいた。

「綜馬さんは、龍成さんを……責めたの？」

　彼はとても自由そうに見える……正直羨ましいと、苦笑した綜馬を覚えているが、摩擦があったようには見えなかった。

「兄さんはそんな男じゃない。自分で決めたことを人のせいにしたりしない。でも、僕は巨大な銅グループとあの独裁者の母を、兄さん一人に押しつけたとは思っている」

「独裁者って……すごい実業家だと聞いていますが」

　真名の呟きに、龍成の唇が歪む。

「そうだよ、すごい人だ。何もかもが自分のためにあるって考えている。息子たちさえもね」

じっと一点を見ていた龍成は、いきなり真名に怒りを込めた視線を向けた。

「兄さんは母にいつだって全てを奪われてきた。そんな兄さんが初めて母に逆らって君を欲しがった。あんなに兄さんが何かを求めたのは初めて見たんだ」

龍成はそのときのことを思い出すようにハンドルを強く握りしめた。

「だから僕はどうしてもその願いを叶えてやりたかった。君の気持ちを深く考えないで、君を急かせたことは僕の罪だ」

真名に向き直った龍成は、彼女の頬に両手をあてた。その仕草は、真名が味わっている痛みを包み込むようだった。

「君と僕は同じ言葉で話せるよ。だから一緒においで。傷ついた分、きっと償うから」

祈るように龍成が真名に囁く。

「でも……私、綜馬さんと……」

一度は龍成の兄と結婚していたのに、そんなことができるはずはない。真名の思いを読んだ龍成が、苦い笑いを浮かべる。

「誰かが幸せになるときは、誰かが不幸になる……気にしなくていい」

「そんな……」

「少なくとも君は気にしなくていい。僕はピアニストとしての成功のために、兄さんを犠牲にした……僕は欲望のためにはいくらでも常識も情けも越える。そういう人間だ。君の罪を僕に預ければいい」

龍成は、自分を嘲るような笑みを浮かべる。

「兄さんの不幸せの原因を作ったのは僕なのに、それを君に償わせようとした」

「そんなことはありません」

それだけは心から言ったが、龍成は冷えた笑みで首を横に振った。

「ううん……いいんだ。僕はそう思っている。僕たち兄弟の不幸に、君を付き合わせるなんてできない。僕が真名ちゃんを幸せにしてあげるよ。ある意味で僕は銅を捨てているから、何も関係ないんだ」

優しい目に戻った龍成が真名の顔を覗き込む。

「どうやったら自分が幸せになるか。それだけを考えてみて。真名ちゃん。僕ならきっと君を幸せにしてあげられるよ。話さなくても君の言葉がわかるからね」

龍成の声が、愛に飢えている真名の全身に染み渡ってきた。

――すぐには決められないだろうから、三日だけ考えて。それ以上考えてもこんがらがるだけだから。

最後はいかにも龍成らしくそう言い残して、来たときと同じようにあっという間に去っていった。その軽やかさとは正反対の重たい宿題は、龍成との再会に影を落とす。

このままでいいと思っていたわけではないが、今をやり過ごすことに精一杯だった。

けれど龍成を見たとたん、真名の中で止まっていた時間が動き始め、季節が急速な勢いで流れだした。

龍成が自分に再び気力を与えてくれる。頭の中で再びピアノの音が鳴る。

長い間ピアノに触れなくても、頭の中に聞こえてくる。雨の音も、風の音も、感情さえも頭の中でピアノの音にすり替わる。龍成もきっとそうなのだろう。あの人ならば真名が上手く言葉にできない気持ちを、わかってくれるに違いない。

龍成のピアノの側で暮らすのは、どんな毎日になるのか。

激しくて、温かくて、ときどきは喧嘩もするに違いない。縦横無尽にピアノで文句を言える龍成に真名は負ける。それから仲直りもきっとピアノ。龍成の甘い音で極上の「ごめんなさい」を聞く。

そう思っただけで身体中の血が熱くなり、どくどくと流れを速めた。

龍成の側に行きたい。あの人のピアノと暮らしたい。憧れが強烈な欲望に変わっていく。

(でも、いいの？　そんなことが許されるの？)

一度は龍成の兄の妻だった事実が真名を押しとどめる。

龍成は関係ないと言ったけれど、綜馬はどう思うだろう。そう考えたとき、別れ際に言われた言葉を思い出した。

――別れてしまえば俺と君は関係ない。……銅とも何の関係もなくなる。この先は君のしたいようにしなさい

あのとき、きんと心が凍った。それほど嫌われたのかと愕然とした。

今思い出しても、あのときの痛みが甦り、抉られた心が血を流す気がする。それでも綜馬が真名をわざと傷つけたとは思えない。

（綜馬さんはいつだって、優しかった。……最後まで、優しかった……）

――早く、帰ってきてね。

別れの朝にそう言ってしまった自分を咎めなかった優しい笑顔が浮かんでくる。

――そうだね……真名。

その言葉と一緒に頬に当てられた手の温もりは今だって忘れていない。

（あの一言を綜馬さんに言わせてしまったのは私なのに、被害者ぶってみっともない）

あの日、勢いでマンションを出てしまった分、まだ未練が残っているのかもしれない。

（でも、あれ以上足手まといになりたくなかった。妻としての最後の仕事のつもりだった……）

――一刻も早く顔を見たいんですよ、奥さま。

——ありがとう、感謝してますよ。奥さま。

降るようにくれた甘い囁きが聞こえてきて、真名は両手で耳を覆った。

「戻りたい……戻れるわけもないのに……戻りたいの……」

自分の身勝手さを知りながら、真名は呻いた。

——兄さんはいつも100かゼロかなんだよ。

——君と僕は同じ言葉で話せるよ。だから一緒においで。傷ついた分、きっと償うから。

龍成は真名の愛を求めているわけではないだろう。ただ真名の傷を癒やしたいと思っているのだ。そして綜馬を不幸にしたことで、真名と同じように、龍成もまた傷ついている。

真名の未練も、後悔も、あの龍成ならわかってくれるのかもしれない。龍成とならピアノを通じて語り合える。

(龍成さんとなら、違うお城が造れるのかもしれない……)

再び見えてきた希望に向かって、真名は動き出そうとした。悩む時間が長ければ、きっとこの決心が揺らぐ。そう感じた真名は押し入れから、綜馬のマンションを出るときに荷物を詰めてきたボストンバッグを捜しだす。

あのときは別れのために使ったけれど、今度は出会いのために持って行く。

ファスナーを引き上げ、中をざっと手で探る。ここに来てから一度も使っていないから黴でも生えているかもしれない。

そう思って探った指に、何かが触れる。

それを指で追いかけ、真名は底板の下に入り込んでいた紙を引き出した。

引き出した紙切れを電灯にかざし、真名は息を飲んだ。

「サペルニコフのコンサートチケット……あのときの」

諦めきれずに、ずっと手元に置いていたチケット。あのあと綜馬が龍成のコンサートに招待してくれたことで、いい思い出に変えられた。それからは、まるでおとぎ話の主人公になったように、信じられない幸運が降りかかった。

このチケットは幸せへの切符のような気がして、お守りのように手放さなかった。

綜馬と別れるときにも捨てずに、無意識のうちに、持ち出す荷物に入れたらしい。

真名はじっと明かりに透かして、チケットに見入った。

まだこのチケットが、自分を幸せにしてくれるとでも思っていたのだろうか。あのときと同じように、幸せが転がり込んでくるとでも、信じているのだろうか。

自分の愚かさに気づいたとき、指先が震えた。

自分の力で手に入れたものでなければいつか失う。掴み切るだけの力がないから、零れていく。なのに、自分はこのチケットで得た幸福の欠片に、今もしがみつこうとしている。

いつだって何かに自分の行く先を委ねているだけだ。

——僕が真名ちゃんを幸せにしてあげるよ。

あの言葉を龍成に言わせたのは自分だ。

すれ違い出した綜馬との暮らしをなんとかして欲しいと縋った自分に、兄を踏み台にしたと思い続けている龍成は応えるしかなかったはずだ。

（紙切れに幸運を願うような人間が、誰かを幸せにする力があるの？）

真名は自分にそう問いかけて、首を横に振った。

（私は、いつだった人に幸せにしてもらおうとしている。綜馬さんが駄目なら、次は龍成さん……龍成さんは私を哀れんでいるだけだってわかってるくせに）

龍成は真名を愛しているのではなく、償おうとしてくれているだけだ。自分のために人生を犠牲にしてくれた兄の代わりになろうとしている。

（それは本当の愛じゃない。本当の愛はもっと厳しくて、激しい……私はそれを知っているのに）

綜馬が最後にくれたあの言葉、『したいようにしなさい』、あれは本気の愛の言葉だった。

真名はチケットを握りしめ、崩れるように身体を折った。

綜馬さんは、私が龍成さんに助けを求めたことを知っていたんだ。気持ちを揺らしていたことも全部わかっていたんだ。

銅とは関係ない。その意味は、だから龍成を選ぶのも自由なんだよ、ということだ。真名はやっと綜馬の真意を受け取る。

自分は銅というしがらみの中で生きながら、弟を自由に羽ばたかせたように、城の扉を開けて真名を解き放った。自由のない辛さを知りぬいていた綜馬の最後のプレゼントだった。

あれは綜馬が自分にくれた最高の愛だった。どうしてわからなかったのだろうか。

真名は身体を折って、呻くように泣いた。

泣いても泣いても、後悔は消えない。幸せを手放した自分を哀れむのではなく、こんな惨い仕打ちした自分を許してくれた綜馬の痛みを思って、ひたすら泣いた。

許されるものならいつか許して欲しい。

身体中の涙が涸れるまで泣き続けた真名は、涙が染みてくしゃくしゃに握り潰されたチケットを目の前にかざし、両手で力を込めて引き裂いた。

「ごめんなさい」

詫びたい人は目の前にはいないけれど、そう言わずにはいられなかった。こんな紙切れ一枚で、幸せを手に入れ、その価値にも気づかずに捨ててしまった自分など、ちりぢりになればいい。

真名は形がなくなるまでチケットを破り続けた。

「龍成さんとは行けません」

三日後、再び会いに来てくれた龍成は、目を赤くした真名の答えにぱっと目を瞠った。

真名が暮らす狭いアパートの一室で小さな窓を背にした龍成は穏やかに口を開く。

「どうして？　外国暮らしだってやってみればなんてことはない。ピアノが弾けるから真名ちゃんはきっとすぐに馴染める。音楽は世界共通だからね。こんな防音もない部屋でピアノも置けない暮らしを続けるのは、真名ちゃんには辛いんじゃない」

何もない部屋を遠慮がちに眺める龍成の声はあくまで優しく、断った真名を責める気配は何もない。ただ真名のこれからを気遣う響きがあった。

「ありがとうございます……でも、私、龍成さんの邪魔をしたくないです」

「邪魔？　僕はそんなこと全然思ってない。言ったでしょう？　僕はしたいことしかしないって。君を連れて行くのは僕の希望だよ」

温かく笑う龍成に、真名も同じように笑い返す。

「はい、わかっています。でも龍成さんが本当に愛しているのは私じゃないですから」

「……真名ちゃん……それは」

正直にぎくりとした龍成に、真名は微笑んだ。

「龍成さんが何より愛しているのはピアノ。そして自分の奏でる音楽。違いますか？」

龍成の目の色が困惑から共感に変わり、微かに頷く。

「私はそれでいいんです。だって私が大好きなのも、龍成さんっていうよりも、龍成さんが作る音楽なんですから」

胸に手を当て、真名は自分の思いを一所懸命に伝える。

「龍成さんの音楽が好きなんです。どんなことがあっても龍成さんにはあの素晴らしい音を奏でていて欲しい。私はその邪魔をしたくない。私みたいな子どもと一緒にいたら、龍成さんはきっと疲れてしまう。音楽のことだけを考えたいのにできなくなる。私は一人でいることより、龍成さんの音楽が疲れてしまうことが嫌なんです」

しばらくの沈黙のあと龍成は腕を伸ばして、真名を引き寄せる。

「残念だな……真名ちゃんほど僕の気持ちをわかってくれる人はいない」

「龍成さんが何よりを愛しているのは音楽だということですか？」

「……うん」

龍成が本音を零すように笑った。

「僕は音楽から離れられない。家族を捨てても、何を捨てても僕は音楽だけは捨てられない。けれどそれをわかってくれる人はなかなかいない……恋人といつも長続きしないはそのせいだ」

「私はわかります」

力強い腕の中で真名は龍成を見上げた。

「龍成さんはミューズのものなんです。誰のものにもなれません。誰かが龍成さんを独り占めしようとしたら、ミューズが怒って邪魔をするんだと思います」

「……うん、そうかもしれない。僕は自分の音楽以上に誰かを愛せない」

龍成の声は、子どものように無邪気で、無垢に響く。

「綜馬さんはそれをわかっています。弟は天才だって言っていました」

「兄さんが……本当に？」

龍成の顔がぱっと少年のように輝く。

「本当です。綜馬さんは龍成さんの才能を信じているからこそ、銅から出て行くことを認めたんだと思います。私は綜馬さんを失望させてしまいましたが、龍成さんはずっと、綜馬さんの誇りでいてほしいんです」

震えるため息をついた龍成が、真名を抱きよせる。

「真名ちゃん、君は兄さんの気持ちが本当によくわかるんだね」

「わかっていたら……こんなふうにはなりませんでした」

温かい腕の中で呟くと、龍成が慰めを込めて真名を抱きしめる手に力を込めた。

「いや、少しだけ出会う時間が違ったんだよ。どんな名曲も時代によって受け取られ方が変わってしまう。でもいつかきっとそのよさがわかる」

自信ありげに言った龍成は真名の顎に手を当てて、上を向かせて目を合わせる。

「猛烈にキスしたいけれど、そんなことをしたらもっと先までしたくなっちゃうからやめておく。僕は遠慮のない人間だけれど、兄さんが愛した人のことは大切にしたいから」

そっと下りてきた唇は真名の額に触れて、また静かに離れた。

「忘れないで、真名ちゃん。君を好きなのは本当だよ。僕はずっと君の幸せを願っている。いつだって君の助けになりたい。困ったことがあったら必ず僕を思い出して」

最後にもう一度だけ抱きしめて真名を離した龍成は、胸に手を当ててナイトのような優雅な礼をし、真名の前から去っていった。

薄いアパートのドアが閉まったとき、綜馬を最後に見送った朝のことが不意に甦り、真名は一瞬息が詰まる。

自分の愚かさで大切な人をまた失ってしまったことに、涸れたと思った涙が溢れてくる。けれど綜馬を傷つけた自分は、龍成も同時に失うのは最初から決められたことだった。

龍成と自分を繋いでいたのは、綜馬なのだから、この結末は避けられない。

あの人は、真名のことも龍成のことも本当にわかっている。自分が叶えられなかった夢を、二人には叶えさせようとしてくれたに違いない。

自分の幸せを諦めても、綜馬は真名の幸せを願ってくれた。

溢れ出る涙を手の甲で拭いながら、綜馬からもらった幸せを少しでも返すことができたらと、真名は心から願った。

16　再生の小奏鳴曲（ソナチネ）

龍成に別れを告げてからほどなくして、真名はＲｉｐｏｓｏを辞めた。

父が亡くなったときは、田部が銀露館でピアノを弾かせてくれた。その田部が伴侶を見つけたとき、真名は綜馬に逃げた。そしてその綜馬が自分の思い通りにならないと、今度は龍成に助けを求めてしまう。

いつも自分が辛いとき、人に助けてもらってきた。知らない間に縋ってしまった。

自分が本当に愛されないのは、自分のせいだ。必要とされないのは、真名がそれに値しないからに過ぎない。

今度誰かと出会うことができたなら、もっと自信を持って愛したい。愛されていることを不安に感じたくない。

生きている限りは誰かに助けてもらうだろうけれど、一人でできるところまでやってみよう。本当の意味で独り立ちすることを決めた真名は自分の力で仕事を探し始めた。

もう一度ピアノを弾ける場所を探そう。結局、自分はピアノから離れられない。

求人広告を隅々まで見て、音楽大学卒業資格を有するものを除くと、仕事の幅はぐっと狭くなる。お金を貯めて学校に行くことも視野に入れたほうがいいのかもしれないと、真名は前向きに考える。そうすれば、かつて諦めた、子どもを教えるという夢に手が届くかもしれない。

夢は見るものではなく、叶えるものという言い古された言葉は、時代を経ても色褪せない真実が潜んでいるに違いない。

だが生活費の算段をしたとき真名はふっと、皆月から送られてきた金を思い出す。

現金を引き出したときに残高の額に驚き、何かの間違いかと慌てて通帳を記帳して、指でその桁を数えた。

確かに皆月からは「今後の生活に必要でしょうから、ささやかですが振り込みます」と連絡があった。皆月が自分の居場所を難なく探したことも、通帳の口座を知っていたことも不思議には思わなかったけれど、ささやかとは言えない金の取り扱いには迷った。

悔しいのではなく、相談もなく投げ与えられたことが切なかった。

綜馬との別れが、これほどの慰謝料をもらうような別れだったことが、ひどく哀しかった。もしかしたら綜馬は、この金で過去を全てなかったことにしてくれ、と言いたいのかと、疑いすら湧き起こった。

突き返すには自分に分がなく、しかし得々としてもらう理由も見つからない。

結局一円も手をつけていないままだ。

あれを使えば、充分に学校にもいけるだろう。

頭の中では計算できるけれど、心の深いところは少しも動かない。あの金に手を触れたら、またきっと一人では何もできない自分に戻る。

これからなりたい自分になるために、真名は頭から『ささやかな生活費』のことを追い出した。

正式な音楽教育を受けたこともなく、プロとしての経験もほとんどないに等しい。そんな人間がまたピアノ演奏で金をもらうことの大変さを、仕事探しの間中、真名は真正面から味わうことになった。

——学校に行ってないんですね？　我流のピアノは当レストランでは相応しくないと思われます。

——身内に手ほどきをされる人というのは多いんですが、演奏が自己流になりやすいんですよね……バックグランドミュージックとして人に聞かせるとなると特徴があるより心地がいいかどうかが問題なんです。

——正味二年しか弾いたことがないのでは経験とは言いませんねえ。せめて五年は人前で弾かないと、キャリアにならないなあ。

履歴書で書いた『銀露館でのピアノ演奏』の経験も、自分の店が格上だと思っているところでは、試演さえさせてもらえない。だったら最初から音大卒の資格を条件に入れておけばいいのにと、愚痴りたくもなる。

銀露館で真名は一生懸命やってきたつもりだった。自慢するわけでも、恩に着せるつもりでもないけれど、五万円のコンサートを駄目にしても守りたい場所だと思うほど愛してもいたし、力になっていると自負もしていた。

けれどあれは真名が自分の力で得た場所ではない。田部が招いてくれた場所で、真名は用意された席に座っただけだ。真名はやっと気づかされた自分の甘さを噛みしめながら、面接を受け続けるしかない。

一度はクラブに採用されたものの出勤してみたら、胸のあいたドレスを着せられて接客に回された。話が違うと言うと「ピアノなんてあってもなくてもいい。君みたいな若い子なら儲かるほうがいいでしょう」とあしらわれて、這々の体で逃げ出すことになった。

騙されたことよりも、自分があまりに無防備だったことに愕然とした。銀露館で弾いているときは、田部が陰になり日向になって、真名を守ってくれていたのだ。

純真とか擦れていないとかなんて、褒め言葉にもならない。一人で世間に立ち向かえて人は初めて大人になり、その先にきっと本当の恋をする権利を手に入れるのだろう。

狭いアパートの、薄っぺらい布団の中で泣きながら、真名は「やるしかない、やればできる」と自分に言い聞かせる。

呪文のようにそう呟きながら真名は履歴書を抱えて仕事を探し続けた。

失望と屈辱を繰り返しながら、真名はようやく、リラクゼーションエステのサロンの仕事を手に入れた。エステに通う女性たちがお茶を飲んだり、担当のエスティシャンと軽い相談をしたりする喫茶室の仕事で、仕事の軽さに比して時給は破格だ。

最初からその募集はチェックしていたが、綜馬の仕事のことを考えてしまい、二の足を踏んでいた。銅ホールディングスとは関係はないようだけれど、美容業界繫がりで、かつての関係者が入り込むと、何か支障があるのではないかと気遣った。

それでもあまりに仕事が見つからず、真名はとうとう思い切った。綜馬はつまらない嫌がらせをするような人ではないし、万が一迷惑なら皆月辺りがそう言ってくるだろう。起こってもいないことを心配するより、仕事を得なければどうしようもない。

最初は、銀露館で弾いていたことに自分が引きずられ、場所を選んでいた。たくさんの人に聞いてほしいとか、自分の音はきっとこんな場所がいいと、勝手に決めつけていた。けれど自分が仕事を選べるのはもっと先だ。今は弾く場所を与えられた喜びを心に込めて音にしよう。

ロココ調に内装したサロンで、お仕着せのドレスを着て白いピアノに向かい、真名は丁寧に音を紡いだ。

もう弾けないと思っていたけれど、鍵盤に触れた指から温かな血が走って、真名の鼓動を早める。心地よく身体が汗ばみ、初めてピアノで曲を奏でたときの喜びが甦ってきた。あのとき、真名のピアノは真名だけのものだった。ただひたすらピアノが好きだったときの気持ちが真名の中に、溢れてきた。

龍成について行けないと言う前の真名、綜馬を傷つけてしまう前の真名、そして綜馬に出会う前の真っ白い真名に戻る。

長く抑えられていた弾くことへの純粋な渇望が、真名の音から濁りを取り除き、澄み渡らせる。

ラベンダーの香りが漂うサロンの中、すみれ色のドレスを着た真名は、そこに咲いた花のように指から音を歌いつぐ。

（楽しい！　弾くことがこんなに楽しいことを忘れていたわ）

苦しみを抜けた幸せな真名のピアノの音は、色とりどりのドロップのようだった。真名の白い指先からきらきらと零れ出て、甘い香りを漂わせて絨毯の上に降り積もる。

部屋中が真名のピアノの音で満たされると、いつの間にかサロンでおしゃべりに興じていた女性たちの口を噤ませた。

幸せだ――心からそう思いながら鍵盤から指をそっと離したとき、サロンの客が一斉に品のいい拍手をしてくれた。

＊　＊　＊　＊

サロンで弾く真名のピアノが気に入ったというエステの常連客に懇願されて、真名は結婚式のパイプオルガンを弾くことになった。

パイプオルガンとピアノは違うから、難しいとやんわりと断ったが、聞き入れてもらえなかった。とうとう店からも「客のたっての頼みなので是非叶えてやってほしい」と特別報酬つきで頼み込まれた。

少し前ならどんなに頼まれても、他人の結婚式に関わる気持ちになれなかったと思う。人の幸せが妬ましいわけではないが、幸せな人たちを見ると、自分が何故ああなれなかったのかという思いが募った。かつては手に入れていたはずのものを、あっという間に零してしまった後悔に苛まれた。

けれど綜馬と離れ、龍成とも会うことがなく三年が経ち、真名は人の幸せを見ても心が波立たない。もう二度とあんな幸せは手に入らないという焦燥感が消え、他人の喜びに逆に心が慰められるようになった。

幸せな人はたくさんいたほうがいい。

他人の幸せの波を、今ならきっと受け止められる。

真名は強くなった自分を知りたい気持ちで、オルガン演奏を引き受けた。

結婚式の当日、真名は結婚式が行われる教会へと練習のために早めに入った。結婚行進曲と賛美歌を何度かさらったあと、子どもの頃の習いで胸の前に手を組み、うろ覚えになっている主への祈りを捧げる。

皆が幸せになりますように。最後は自分の思いを呟いてから真名は目を開け、椅子に座り直した。

小さなチャペルの椅子は列席者で一杯になり、小柄な花嫁が白いベールと裳裾を引きながら、緊張と喜びで頬を染めて祭壇まで進む中、真名は精一杯の思いを込めてオルガンを弾いた。

彼女の幸せが続くようにと願いながらオルガンを弾く真名の横顔に、柔らかい六月の光が降り注ぐ。それは壁画のぷくぷくした天使が、大人になればきっとこんなふうだろうと思わせるような、温かで曇りのない横顔だった。

真名はその美しい表情のまま、夫婦の誓いを求める神父の声を聞いていた。

病めるときも辛いときも伴にある、その言葉に真名は綜馬とのことを心静かに振り返る。

幸せだった日々もあったし、辛いときもあった。幸せばかりじゃないのは当たり前なのに、自分はその辛さからだけ逃げようとした。

綜馬はただ自分のためを思って、何もさせなかった、けれどそれが辛いなら何故辛いと、もっとあなたの役に立ちたいと訴えなかったのか。苦しいと思いながらも、綜馬の温もりや甘やかしを失いたくなかった。綜馬は真名が何も言わないから、それでいいと思ってしまったのだろう。

父を亡くし、頼りの母も失い、兄弟もいない自分の、綜馬は全てになってくれようとした。そしてベッドの中では、何も知らない拙い恋人の教師にまでなろうとした。真名も子どもでいるのが都合がよく、いつまでも教えられることに甘んじた。

あの人は自分ができなかったことを真名にさせようとして、甘やかすことしかできず、自分は甘えて不満を抱くしかできなかった。

夫婦になったなら、何故もっと歩み寄らなかったのか。そのくせ、思い通りにならなければ、自分を楽にさせてくれる人に逃げようとした。

あんな子どもの自分は、誰かに愛される資格などありはしなかった。

ステンドグラスを通した七色の光の中、自分の好きな人、傷つけてしまった人、全ての人の幸せを願いながら真名は賛美歌を弾く。

儀式が済んだ新郎新婦が教会の入り口で浴びるライスシャワーに真名も加わった。

友人たちに写真を撮られ微笑む二人に米を放りながら、梅雨の晴れ間のまばゆさに真名がふと遠くに目をやると、こちらを見ている男性と視線があった。

「皆月さん！」

真名に向かってスーツ姿の皆月が、礼儀正しく一礼をしてきた。

「どうしてこちらへ」

驚きながらも懐かしさに背中を押された真名は皆月の側に近づいて声をかけた。真名の明るい表情に皆月が眩しげに目を細める。

「仕事です」

感情を窺わせない口調にも、真名はもう怯えたりはしない。自分がよく見なかったから人が怖かったのだと、今になればわかる。

「では……綜馬さんとご一緒ですか？」

皆月がいるからには綜馬もいるだろうと想像して、普通に尋ねただけなのに、自分から綜馬の名前を口にした真名に、皆月は驚いた顔をした。

「そうです。ですが私はご一緒できない場所なのでしばらく時間を潰すように言われて、散歩をしていたら、ちょうど新郎新婦が出てきたので拝見していました」

「そうですか。私は今の結婚式でパイプオルガンを弾いていたんです」

「では今でもピアノを……」

ピアノの処分を頼んだことを思い出したのか、皆月は口ごもった。

「はい、今は小さなエステサロンで弾いています。ご存じではありませんか？」

僅かに逸れた視線が、皆月がとうに真名の勤め先を承知していることを教える。

だが向こうが何も触れてこないのであれば、真名が何かをほじくり返す必要などない。真名は明るく話題を変える。

「でもピアノと教会のオルガンでは勝手が全然違うので、無事に終わってほっとしていたところです。それより時間があればお茶でもいかがですか？　私も緊張していたので喉が渇いてしまいました」

何故皆月を誘ったのか真名は自分でもわからなかったが、今日という日に皆月に出会えたのは何かの運命のように思え、このまま別れるのはもったいない気がした。

せめて綜馬が元気なのかぐらいは尋ねてみよう。皆月ならば未練とは思わずに教えてくれるはずだ。

皆月が頷くと、真名は近くの小さな喫茶店に向かって歩き出した。

「今の仕事はどなたかの紹介ですか？」

綜馬のもとを去ったあとの真名のあれこれなど、充分に知っているだろう皆月に尋ねられ、真名は軽く笑ったものの丁寧に答える。

「いいえ、求人募集をいろいろ見て探しました。銀露館を辞めたすぐあとは、紹介でイタリアンレストランにお世話になりました。フロアスタッフだったので皿洗いに掃除、何でもやって。役に立ったのかどうかはわかりませんが……夢中でした。それまではろくにバイトもしたことがなかったから、あたふたして大変でしたけど、結構楽しかったです」

照れて笑う真名を皆月がじっと見つめてくる。その目には同情ではなく、理解の色が浮かんでいるような気がした。

「でも……やっぱり、ピアノが弾きたくなったんです。それでレストランを辞めて、その関係の求人募集をいろいろ当たったんです」

「小さい頃からずっと弾いていたんですから、長く弾かないでいることは無理でしょう」

静かに頷く皆月の顔に今度は深い同情が浮かぶが、真名は気づかない振りで話を続ける。

「でもずっとやっていると、たまには休みたくなるってありませんか？　皆月さんも仕事をさぼりたくなったりしませんか？」

相変わらず賢明な皆月は薄く笑っただけで、肯定も否定もしない。

「とにかく私にはいい休養でした。おかげで今は前よりピアノが好きになりましたから。それにレストランで鍛えたおかげで、指の力が強くなったみたいな気もします」

真名が以前より逞しくなった指を見せながらいたずらっぽく笑うと、皆月がまた目を細める。その視線に賞賛の色があるように見えた
「……皆月さん、綜馬さんはお元気ですか？」

もっとさらりと言おうと思ったのに、声が強ばり心臓の鼓動が周囲に聞こえるのではないかと思うほど強くなった。だが皆月は理由など詮索せずに、穏やかな表情のまま頷いてくれる。

「ええ、お元気です」

ふっと肩から三年分の力が抜けた。綜馬を傷つけたことが、ずっと心に重くのしかかっていた。皆月の一言で、真名の心が今日の空のように晴れていく。

「まだ、お一人です」

晴れやかな雨上がりの空に、さりげなく付け足された皆月の言葉が虹を架けたような気がしたのは、どうしてだろう。

「皆月さん……」

いったいどういう意味で、そんなことを言うのかと思い切って尋ねようとしたとき、からんとドアベルを鳴らして喫茶店の扉が開き、真名の視線が吸い寄せられた。

スーツ姿の綜馬は以前と変わらずに、周囲の空気を染め変え、人目を惹く華があった。

皆月が真名とここにいることを知らせたのだろうか。

光を背に受けてその表情は窺えなかったが、真名は微笑みを浮かべて立ち上がった。

「お久しぶりです、綜馬さん」

真名は丁寧に頭を下げた。

＊　＊　＊　＊

生活感のまるでない一人暮らしのマンションの部屋は、自分が立てる物音以外何も聞こえない。綜馬はウィスキーの入ったグラスを回し氷をからからと鳴らして、今日の昼間、偶然に会った真名を思い出す。

（随分と、大人になっていた）

もう三年経つのだから不思議ではないのだが、いつまでも別れたときの面影が残っていた。綜馬を見つけたときに見開かれた長い睫の目、だが動揺は一瞬のことで、すぐに落ち着いた目の色になった。

皆月さんをお引き留めしてしまい、すみません――そう言って微笑んだ顔は穏やかで、完全に大人としてのわきまえを感じさせる。

二言三言交わした会話は当たり障りがなかったが、いつまでも話していたいほど、懐かしく感じた。けれど彼女のほうは未練を見せず別れの言葉を口にした。

――お忙しそうですね、無理なさらないでください。

淑やかに頭を下げて目の前から消えていった後ろ姿は、まだ目の裏に焼き付いている。

全てが成熟した大人の女の物腰だった。

彼女はやがては龍成と一緒になると覚悟をしていた。芯から芸術家肌の龍成とでは、普通の結婚という形にはならないかもしれないが、そんな形の幸せもあると、考えるしかなかった。

龍成が真名の行方を聞き出しにきたと皆月から報告されたときも、来るべきものが来たと感じ、龍成と真名が結ばれることを改めて覚悟した。さすがに目の前でそれを見る勇気は持てず、龍成が知ることのないこのマンションでずっと一人暮らしだ。

もう一緒に暮らしているのかと思った頃、女優やモデルと言った女性たちと龍成の艶聞がメディアに流れた。単なる噂かと思えば、そうではない写真を撮られていたこともある。

龍成は自由な人間だが、真名のような子相手に二股をかける性格ではない。何故二人は一緒にいないのかわからず、その理由を知る術もないまま、月日が経っていった。

そのあと業界繋がりで、真名が会員制エステサロンでピアノを弾いているのが耳に入ってきた。まさか龍成との関係が全くなくなったわけではないだろうと思っていたが、あの様子では本当に一人でいるのだ

誰もが幸せになれなかったのか。

綜馬はもう戻らない日々を思って、いたたまれない気持ちになるのに、じっと耐えるしかなかった。

自分はもう真名に関わることはできない。綜馬は大人になった真名へ、自分の気持ちが再び引き寄せられるのを強く諌めた。

(またあの子を不幸にするわけにはいかない)

けれど真名と会って数日後、綜馬宛てに手紙がきた。

「真名さんからです」

執務室で皆月が差し出してきた書留に、綜馬は意味を摑みかねる。

受け取った封筒を返すと、確かに真名の筆跡だった。初めてチケットを送ったときに、今どきの子とは思えない丁寧な礼状を寄越したときと同じ、真面目な文字は変わらない。

「いったいなんだ？」

「私にもわかりません。今朝綜馬さん宛てに会社に届いたようです」

綜馬はしばらくその封筒を眺めたが、全く中身の見当がつかない。推し量るのを諦めてオープナーを手に取った。

「開けて見なければわからんな」

皆月が心得たように秘書室へと下がっていくのを待ち、綜馬は時間をかけて封筒を破り、中を引き出した。

白い便せんと一緒に、何故か真名名義の真新しい預金通帳と印鑑が転がり出てきた
「通帳？　いったいどういうことだ」

眉をひそめて中を確かめる。

「この金額は……」

あのとき、皆月を通して真名の口座に振り込ませた金額のような気がする。眉のひそみをより深くして、綜馬は便せんを開いた。

『先日は突然のことで、ご挨拶もきちんとできずに失礼をしました。お預かりしていたお金をやっとお返しできる気持ちになりました』

預けた、何を言っているんだ。口の中で呟きながら読み進む。

『あなたとの暮らしが終わったことは私の弱さでした。あれから三年かかりましたが、やっとそれを受け入れることができるようになりました。これからは前を向いて歩いていける、そんな日を迎えられたならば、このお金をお返ししようと思っていました。本当の意味であの拙かった自分に別れられるときが来たら、必要がなくなるはずだと、ずっと考えてきました。生活費、いえ慰謝料などという名前の重荷から、解放されたいと願っていたのです』

慰謝料という名の重荷。世間ずれした価値観で、真名を傷つけた事実が綜馬の胸にずしりとのしかかってくる。

『あの日、新しい門出を迎えた人たちのために賛美歌を弾きながら、お金を返す決心がついたと思いました。そんな日にあなたとお会いできたことも、私の決心を後押ししてくれました。あのときどうしても言えなかった言葉を今、私は言えます。ごめんなさい、そしてありがとうございました』

ごめんなさい、そしてありがとう――これ以上見ていたら文字が滲む気がして、綜馬は便せんを丁寧に畳んだ。

本当に、得難いかけがえのない子だった。

まだ若い真名を攫うようにして自分の人生に巻き込んだ。おそらく本当の恋も知らなかっただろうに、畳みかけるようにして奪った。まだ成長しきれていない柔らかい心を自分で埋め尽くし、親になり兄になり友達になり教師になり、その果てに恋人でもいようとした。

真名にはさぞや息苦しかったに違いない。

未熟だった真名が徐々に大人になり、新しい恋をのぞき見ても仕方がなかったのだ。誰でも通る道だったのに、何故もっと温かく見守ってやれなかったのか。背を向けてしまったのか。迷っている人の背中を突き飛ばすことをしたのか。

キスをして抱きしめてやるべきだった。もっと自分を愛させる努力をするべきだった。愛してもらえるようにしなければならなかった。

何もかも自分の意固地が招いたことだ。

綜馬は初めて心から、本当に愚かだったのは自分だと悟った。

わかった振りをして真名の苦しみを何も理解しなかった。

このままでは溺れると知りながら、目の前で足掻く人に手を差し伸べてやらなかった。

むしろ池に突き落としてしまった。

後悔すべきは、真名ではなく自分だ。

愛しているのに、愛しきれていなかった。傲慢な愛であの子を失ってしまった。

これは罰だ。

跪いて愛を得ようとしなかった自分は愛を失って当たり前だ。本当に欲しければ、這いつくばってでも泥の中から愛を拾い上げる覚悟が必要だったのに、それができなかった。

ゴミ袋に投げ捨てられても、本当に大切なら救い出さなければならなかったのに、もう要らないと背を向けた――困難にぶちあたったときにいつも逃げ出してきた、自分への罰だ。

綜馬は固く目を閉じて、胸に広がる思いに身を任せた。

17　空から降る聖譚曲（オラトリオ）

クリスマス・イブの夜遅く、仕事を終えた真名は久しぶりに銀露館へ向かった。閉店後に毎年行われる、スタッフだけの小さなクリスマスパーティだ。招待をずっと断ってきたが、やっと今年出席する気分になれた。

少し緊張しながら扉を開けると田部や旧知のスタッフに手を取るように迎えられ、最初の屈託はすぐに消え、時間を忘れて楽しんだ。

短いパーティが終わったあと、ビンゴゲームで当てた小さな花束を持って夜風に吹かれながら、一人で街を歩く。久しぶりに懐かしい街並みを楽しんでみたかった。

この時間ではもう自宅へ戻る電車がない。どこかのビジネスホテルにでも泊まろうかと、楽しく思案しながら、真名はゆっくりとした足取りで、美しく飾り付けられた街を眺めながら歩を進める。

飲んだせいか寒いという感覚も薄く、コートの前をあけはなったまま鼻歌を歌いつつ、真名はぶらぶらと歩く。久しぶりの銀露館は懐かしく、そしてやはり少し切なかった。

真名は遠くて近い過去を思わずにはいられない。

あのときコンサートを聴きに行けさえすれば、綜馬に出会うこともなく、以前のような平凡な暮らしをしていたはずだ。何もかもが辛くてたまらず、間違いなくあった楽しかった日々さえ思い出すのが苦しいとき、何度もそう思った。

けれどもう今は、あのときの運命のいたずらさえ受け入れることができる。

この間、僅かに会った綜馬は少し痩せていたが、相変わらず忙しそうだった。

あの人も大変なんだから、早くいい人を作って寛げる家庭を持てばいいのに――。

真名はそう思ってから、親のような感慨を抱く自分に一人で笑った。

ふと頬に冷たいものを感じて顔を上げると、ちらりと雪が落ちてきている。

「ホワイト・クリスマスってすごい！　私ってラッキーじゃない？」

真名は一人はしゃいで空に手を伸ばした。

綜馬は車から、緑や赤そして金銀に彩られた外の景色に呟いた。

「今日はクリスマス・イブだな、くだらないパーティに出ると、ああ、そうだったのかと思い出すぐらいだけれどな」

「はい。ですが零時を過ぎましたのでイブは終わりました」

運転をしながら淡々と皆月が答える。

「悪いな、こんな日でも遅くまで付き合わせて」

「かまいません、仕事ですから」

「仕事じゃなかったら付き合ってくれないのか？」

「はい、遠慮いたします」

くすくすと綜馬は笑った。皆月の毒は綜馬には一時の安らぎだ。

「イブに俺が暇だったら銅も危ないけれど、たまには俺も世間並みに恋人と過ごしてみたいな」

「そうですか？」

「何だ、その意外だといった口調は。俺だって人間だぞ」

笑いながら返した綜馬は、歩道を楽しげに歩く女性を見つけて、視線を止める。

「真名……」

小さな花束を持って、上を見たり下を見たりしながら歩いているのは、確かに真名だった。軽やかに身体でリズムを刻んで、ときおりくるりと回っているのは、酔ってでもいるからなのだろうか。わざとらしさもなく、無邪気で愛くるしく見える。

「こちらに来ていたのでしょうか」

「みたいだな」

綜馬はすぐに目線を逸らしたが、車が信号で止まると、つい腕時計を確認してしまう。

「もう電車もありませんね」

綜馬の仕草の意味を察した皆月がさりげなく言う。

「そうだな。パーティでもあったのか」

綜馬は花束で拍子を取りながら歩く華奢な姿にもう一度目をやった。

この前会ったときは随分と大人びて見えたが、こうしているとまだ幼く、かつての面影は充分に滲んでいた。素直で守ってやりたかった真名がそこにいた。

本当に何故もっと大切にしてやらなかったのか。彼女の姿を見れば、綜馬は変わらずに胸が疼く。

「……雪……ですね」

皆月の声に目を凝らすと、ひらひらと雪が落ちてくるのが見えた。

車の窓に触れてはすぐに消えていく。

黒いコートの前を開けた真名は、まるで何かを待つように立ち止まり、空に手を差し伸べて微笑んだ。

綺麗だ――綜馬は心からそう感じる。

「……皆月」

「はい」

「空から降ってくるのは何だったか？」

「はい？」

「以前君が言っていただろう……天から降ってきた食べ物とか……」

「はい……マナのことですね。綜馬さん、覚えていらっしゃいましたか」

「ああ、今思い出した」

綜馬は深い吐息をついた。

「皆月、今日はクリスマスだ」

「はい」

「俺も奇跡を味わってもいいと思わないか？」

「……よろしいと思います。クリスマスですから」

「では、皆月。今日の仕事はここでおしまいだ」

皆月がミラーの中で少し笑ったように見えたのは気のせいか。車が徐行して歩道に寄せられる。

「お疲れ様でした。いえ、メリークリスマス、綜馬さん」

綜馬が降りると車が静かに走り去った。

後ろから人の近づく気配に真名はふと足を止め、何も考えず無意識に足音のするほうへ振り返った。

「やあ」

真名が振り返ると思ったのか、その人はさして驚いたふうでもなく声をかけてきた。

真名もあまり驚かずに普通に笑顔を作れたのは何故だろう。クリスマスには何があっても不思議ではないからだろうか。

「こんばんは、綜馬さん」

「こんばんは、真名」

肩肘をはることもなく、自然に綜馬も答えてくれる。真名は綜馬の様子に蟠りのないことが嬉しくて声が弾んだ。

「接待パーティですか」

ざっくりと羽織ったコートの下のタキシードに目をとめて、真名は尋ねる。

「ああ、相変わらずね」

「たまには仕事から離れてパーティを楽しんでみたらどうですか？　悪くないですよ」

「そうだね。なかなか時間がなくてね」

「時間は作るものです」

笑いながら言うと、綜馬が釣られて笑う。

「言うね——真名も」

それから真顔になった綜馬が声を改めた。

「手紙、受け取ったよ」

「はい」

「ありがとう」

見上げた綜馬の鋭い目には優しい光が浮かんでいる。

やっとわかってくれた。いや、わかってもらえるような自分になれたのだと、真名は思った。相手に期待するだけだった自分から一歩前に進め、その分だけ綜馬に近づけたのだろう。

真名は小さく首を横に振った。もう、言葉では言えない。本当に言葉では伝えきれない。その思いを込めて、真名は手に持った花束を差し出す。

「くれるのか？」

何も言えずに頷くと、受け取った綜馬が、そのまま真名の手を握ってきた。

じっと見つめてくる黒い瞳を真名は熱を込めて見返した。

本当に、わかってくれた。自分の後悔も、あのとき言えなかった思いも、全部綜馬はわかってくれた――真名の目の中でその人が確かに頷いた。

イルミネーションが煌めく街の中、真名はごく自然に背伸びをして綜馬の唇にそっと触れた。

静かに唇を離して綜馬を見つめると、綜馬も見つめ返してくる。

今この瞬間、自分と綜馬はきっと同じことを感じ、わかり合った。

真名は抑えきれない喜びで微笑みながら、もう一度綜馬にキスをする。

「ありがとうございました」

「ん」

真名はその唇にまたキスをした。

「ごめんなさい」

「ん」

温かい唇にもう一度唇を当てたが、今度は何も言わない。

「今のは何？」

「秘密です」

今度は綜馬が笑った。

「秘密はあって当然だ、大人なんだからね」

「ええ……そうです」

真名も小さく笑うと、その唇に今度は綜馬がキスを返してきた。

「悪かった」

「はい」

大人同士の別れなのだから、あのさよならには、二人とも責任がある。綜馬の詫びを受け入れた真名の唇に、もう一度綜馬が熱のあるキスをしてくる。

「ありがとう」

「はい」

そしてもう一度。

「今のは？　秘密ですか？」

真名が綜馬に笑いながら聞くと、綜馬は真顔で首を横に振った。

「愛している」

まさか綜馬の口から聞けるとは思わなかった言葉に、真名は一瞬頭の中が真っ白になり、表情が作れない。だが綜馬は呆然とする真名にもう一度キスをしてきた。

「俺のは秘密じゃない。愛している……前よりずっと」


連れて行かれた綜馬のマンションはいかにも男性の一人暮らしらしく、備え付けの家具だけしかなくて、ひんやりとした空気が漂っている。

「寝るだけだからね」

真名と暮らしていたときは、インテリアに気を遣ってくれていた人が、こんな殺風景な部屋に平気で暮らしていることに驚く。真名の表情を読んだらしい綜馬が苦笑しながら、エアコンのスイッチを入れた。

「寒くないか？」

「寒いです」

そう言って真名は綜馬に近づき、自分からその胸に身体を寄せた。

ここにきたときからそのつもりだった。もう自分は大人だし、今更初心な振りをするほうがみっともない。

「真名――」

綜馬が真名の腰に手を回してきたのを合図に、真名も綜馬の首に腕を絡める。

唇が重なり、また離れ、そしてまた重ねられる、短いキスの繰り返しに互いの冷えた身体が温まっていった。

「ベッドへ行こう。まだ少し冷たいと思うけれど、いいかな」

「綜馬さんが温めてくれれば……大丈夫」

首筋に顔を埋めるようにして答えると、綜馬が真名を抱きしめたまま、寝室へ続く扉を開けてくれた。

初めて綜馬に抱かれたときも、同じように綜馬にベッドに連れて行かれた。

（でも、私はあのときとは違う。……彼を本当に愛しているのがわかっているから）

綜馬のベッドに横たえられた真名は、その狭さに驚いた。

本当に一人が眠るだけのものだ。彼が、身体だけではなく、心も孤独だったことを真名はひしひしと感じた。

——愛している……前よりずっと。

別れたときから、たった一人で、寂しさに向き合いながら綜馬は自分への愛を重ねてくれたのだ。

真名は彼の身体にしがみついて、自分の温もりを伝えようとする。

「綜馬さん……、本当にありがとう」

「何を言ってるの？　君はときどき不思議だね。君の頭の中を全部はわからないけれど、そのままがいい」

囁いた綜馬は静かに真名の洋服を脱がせて、自分も肌を晒す。

目を見つめ合って口づけを交わし、互いの気持ちを呼吸で交わし合うと、それだけで綜馬の自分への気持ちがわかる気がする。

最後に自分を抱こうとしたときの、奇妙に苛立った彼はどこにもいない。

ただ真名の全てを受け入れる穏やかな手つきが、真名の身体を緩やかに解いていく。

横たえた真名の乳房を両手で滑らかに撫で、唇で薔薇色の乳首を食む。

激しい刺激はなかったが、緩やかな優しい快さで真名の身体は熱が上がった。

「ん――っ」

零した吐息の裏を読んだ綜馬の手に、淫蕩な色が交じり出す。

脇腹をくすぐり、腰骨を何度も辿り、焦らすように背骨を上下する。

「ぁ……ん……ぁ」

冷たかったベッドは真名の熱が移ったように、しっとりと暖まった。

「大丈夫？」

ふっと愛撫が止まり、目を開けると気遣う視線と目が合う。

「大丈夫……でも本当に久しぶりだから、よくわからない……かも……」

「こういうのは泳ぎと同じ。一度覚えたら忘れない」

生真面目に答えた綜馬がそっと真名の足を割って、奥のぬかるみに指を潜ませる。

もう片手が柔らかな乳房を覆い、尖った乳首を指の間で刺激した。

「……っ……あ……」

ちりっとした刺激を受けて反射的に身を捩ったものの、逃れる代わりに真名はいっそう綜馬に身体をすり寄せる。

（もっと、この人を感じたい……三年の月日が埋まるぐらいに、側にいきたい）

頬をすり寄せると懐かしい彼の香りが鼻腔に広がり、腹の奥まで熱くなった。

一日働いたあとの、身体に馴染んだトワレの香りと、大人の男だけが放つ獣じみた香り。

懐かしさが、身体の中で淫らさに変わる。

「綜馬さん……ぁ……あ――」

もっと先を促すように真名の声が高くなる。

すると乳首を軽く噛んでいた唇が、下腹にすべりおりた。何度か腹を撫でたあと、臍のくぼみに舌がぬるりと入り込む。

甦ってくる快感が、次にくるであろう深く淫蕩な快楽を思い出させる。

一人でいたこの三年、身体の中に深く眠らせていた悦楽が、目を覚まして皮膚の裏から真名を煽った。

(私……どうなるんだろう……なんだか怖い。大丈夫……なの?)

「……ふ……綜馬さん……怖い」

綜馬の髪の毛に指を搦め、真名は快楽を受け止められない困惑を伝えようとした。

「大丈夫、真名……ひどくはしない」

初めて抱かれたとき以上の優しい囁きで、綜馬が真名の困惑の手綱を握る。

「綜馬さん……ぁ」

なだらかな腰のくびれを綜馬の舌が辿り、やがて奥の翳りにたどり着く。

穏やかな手つきで内腿を撫で、足を割って秘裂を開かせた。

「……はぁ」

綜馬の濡れた吐息が尖った乳首に落ち、それだけで身体の奥が濡れる。

「真名……辛かったら言いなさい」

優しい唇が長い間閉じていた秘裂に触れ、舌先が花芽を暴く。

「ん――ぁ」

尖らせた舌が滑らかに動いて、真名の身体の芯をぬるく愛撫する。

身体の奥から溢れてくる蜜を綜馬の舌が舐め取り、花びらの奥まで舌でまさぐって、その蜜を塗り込めた。

「はぁ……綜馬さん……んぁ」

頭の芯まで痺れて、自分がどれほど淫らな格好をしているかわからなくなる。ただもっと濃密な悦楽を求め、真名は自分から大きく足を開いて、綜馬の愛撫を求めた。

濡れて和らぐ蜜口から綜馬が指を差し入れる。

「ん――あ……私……」

身体の内側を綜馬の指が穿たれたとき、過去に何度も抱かれた女の身体が目を覚ます。

綜馬の指を咥えた柔らかな襞が収縮して、その指をもっと身体の奥に引き込もうとする。

「はぁ……ん、……ぁ」

久しぶりの感覚に下腹が引きつり、呼吸が詰まった。

「痛い？」

「……いいえ……でも少し……」

「少し何？」

「緊張するんです……」

ため息のように洩らすと、「大丈夫……充分に濡れているよ」と囁いた綜馬が、開いた足の間に身体を割り入れてこようとした。

「あ……待って、綜馬さん」

真名は自分から手を伸ばし、綜馬の硬く熱い雄に触れた。

「何？」

夫婦でいたとき、一度拒まれてからは、真名は綜馬のものに触れたことがない。だか綜馬は少しだけ驚いた顔をしたものの、穏やかに問いかけてくる。

身体で真名を征服しようとするのではなく、癒やしたいという声と視線に、真名は自分の欲を口にする。

「私も……していい？」

綜馬の硬いそれを指で撫でてそう言うと、さすがに綜馬が驚いたのか目を見開く。

ずっと綜馬には抱かれるばかりだった。自分から綜馬とのベッドを楽しむことは罪悪感があり、積極的になって彼に失望されるのが怖かった。

最後のベッドは表層的な快感だけを味わわされ、愛のないざらついた行為に、真名はひどく傷ついた。

けれど、あれもまた綜馬の、行き場のない苦しさの表れだったと、今は理解できる。

愛する者同士は、言葉だけでなく身体でも話し合える。

愛する人としかできない方法で、愛を伝えたい。

真名は綜馬の硬い熱を指先で辿って喉を鳴らした。

「したいのか？」

「したい……私、いつも不安だった。何か言えば呆れられるんじゃないかとか、嫌われるんじゃないかと怖かったの……あなたは大人だったから。でも本当は私もあなたにしてあげたいの」

そうか……と呟いた綜馬が、後悔を浮かべた顔で真名の唇に軽くキスをした。

「私は君を抱いていればそれで充分だったんだ。本当だよ、真名。でも、君がしてくれたら、それはやはり嬉しいかもしれないな……してくれるかな」

半身を起こしてヘッドボードに凭れた綜馬の下腹に、真名は頬を寄せた。

「無理しなくていいから……したいようにしてごらん」

綜馬が柔らかく真名の耳を撫でて、身体の強ばりを解いてくれる。

「……ん」

さすがに緊張で声が掠れたが、真名は綜馬の勃ち上がったものに唇を寄せる。だが唇が綜馬のそれに触れただけで、あまりの熱さに顔を仰け反らせてしまう。

「真名、もういいから」

呆れも、からかいもない優しい声音に、真名は首を横に振ると、今度は指で綜馬の熱の根元を押さえてから唇を当てた。

「んっ……」

吐息を吐きながら真名は唇で、凝った先端を覆った。

口の中に含んだ綜馬の熱は、硬く、獣の匂いがした。

男の綜馬を感じなら、真名は舌で不器用に舐める。大きな嵩を舌の先でなぞり、茎を唇で擦った。

綜馬のものが硬度を増し口の中で膨らんで動くと、さすがに扱いかねた真名は歯を当ててしまう。

「……っ……」

軽く呻いた綜馬は、真名の耳を柔らかく押さえて顔を上げさせた。

「あ……痛かったですよね」

「舌を出してごらん」

温かい声に促され、真名は蜜で濡れた唇から素直に舌を差し出す。

「そう、そうやって舐めてくれればいい。苦しければ無理して口の中に入れなくていいから……」

もう一度顔を伏せると、真名は言われたとおりに舌先を伸ばし、ちろりと綜馬に触れた。

ぴくんと熱が反応するのを舌先に感じなら、真名は丁寧に舐める。

硬く膨れた嵩を口の中に含むと、さっきより雄の匂いが増して綜馬の快感を伝えてきた。

自分の口の中に綜馬がいる。自分の愛撫で綜馬が快楽を得ている。

綜馬の喜びが真名自身の喜びにもなり、身体の奥が甘く震える。

「真名……苦しくないのか」

褒美を与えるように、綜馬は真名の背中や腋下をゆるゆると撫でた。

「んっ……はぁ……」

口の中の味わう綜馬と、肌で感じる綜馬に、真名の身体の芯が溶けていく。

秘裂が自然に濡れて、女の香りを放ち、辺りの気配が淫らに染まる。

「もういいよ、ありがとう……こっちへおいで」

自分が招いた喜びに呻いた真名の頬を、綜馬が両手で持ち上げる。

子どものように膝の上に抱えられ真名は、綜馬の胸に顔を寄せて呟いた。

「ごめんなさい。下手で……よくなかったですか」

「よかったよ、とても。真名さえ嫌じゃなかったらまた、いつかしてほしい、でも今は別なことをしたいんだ」

目尻に口づけをして、綜馬が囁く。

「別なこと？」

「そう……真名の顔を見たまま、抱きたい」

真名の細い腰に手を添えた綜馬が、熱い身体を自分の腹の上に引き上げた。

「私の上に乗ってごらん……そう……膝を立ててね、肩に摑まりなさい」

言われている意味を理解した真名は、逞しい腰をまたぐようにして膝立ちをし、綜馬の肩に両手をかけた。

「怖くないか？」

「どうして、怖いの？　私もあなたの顔を見ていたいもの」

艶めいた笑いを浮かべる真名の唇に、綜馬がむしゃぶりついた。

どんなにしても足りないみたいに、互いの舌を絡め、深い口づけをする。綜馬の首に腕を搦めて、真名は胸をすり寄せた。

「私を、ずっと支えていてね……綜馬さん」

「ああ、もちろんだ。じゃあ真名、腰を落として……ゆっくり」

唇の触れ合う近さで囁き合い、綜馬に支えられたまま真名は腰を落としていく。綻んだ奥に硬い熱が当たると、反射的に背中が撓る。

「大丈夫？　息を吐きながら入れてごらん、苦しかったら無理をしなくていいから」

以前は教師のようだと思った綜馬の言葉も、身体で語り合うためだと思えば、素直に聞ける。

言われたとおりに息を吐いて、真名は徐々に綜馬を身体の中に飲み込んでいった。

「はぁ……」

身体に埋め込まれるたびに、熱い粘膜が刺激され、真名は喉を逸らして声を洩らす。その姿に煽られたのか、身体の中の綜馬の熱が嵩と硬度を増した。

「ああ……すまない……痛いか、真名」

「ううん……嬉しい」

「真名……」

「感じてくれてるんでしょう？　綜馬さん」

真名は、綜馬の首にしがみつき、うっとりと鼻先をすりつけて甘える。

「あなたを感じさせられて……嬉しい……」

そう言うと真名はがくりと腰を落として綜馬の全てを飲み、下腹全部で綜馬の形を確かめるようにぎゅっと締め付ける。

身体の中に綜馬の一番大事な熱がある。心と身体を隙間なく埋め尽くす熱を真名は貪った。

「んっ……綜馬さん……私も、あなたを喜ばせたかった……喜んでほしかった……こうやって私もあなたを愛したかった――あなたが好き……だから……」

「その言葉、もしかしたら君から、初めて聞いたかもしれないな」

真名を強く抱きしめた綜馬が呟く。

「最初に言わなかった？」

「そうだな……幸せになりたい……とは言ったけれどね」

綜馬は愛しむように微笑んだが、真名は自分の身勝手さに、改めて恥ずかしさを覚えた。

幸せにして、というより、好きというほうが先だ。相手の幸せの上に自分の幸せがある。

自分は綜馬に、そんな大切な言葉も言わずにいたのか。

簡単なのにとても大切な言葉を、何故自分は惜しんだか――。

「あなたが好き。私はずっとあなたが好き……好きだからあなたを喜ばせたかったの」

身体の奥まで綜馬を飲み込み、真名は揺く腰を揺らす。

愛した人の前では何を隠すこともない。自分が望む形で愛を伝えることをためらう必要などなかった。

「私はあなたが好きなの、綜馬さん……いろんなことしてあげたかった」

「ああ、これからいくらでも俺を喜ばせてくれ、真名……」

動くたびに彼の熱が自分の中で膨らんでいく。

隘路がぎちぎちと広がり、襞が彼の形に添って絡みつく。

「ん……ぁ……」

「真名、君の中はとても温かくて……優しい……君と一緒だ……」

綜馬の声も熱でうわずり、自分から腰を突き上げてくる。

「あ――ん……ぁ……」

彼の熱がぐいぐいと下腹に入り込み、胸の中までいっぱいにする。

「……あ……もっと……本当にあなたを、愛してるの……」

「く……っ……真名」

真名の熱がはじけたとき、身体の奥に綜馬の熱の飛沫が迸り、全身に染み渡った。

二度と離さないと抱きしめてくれる熱い腕の中で、真名は本当に人を愛することの意味を知った。

＊　＊　＊　＊

オーガンジーをふんわり被せた白いドレスに身を包んだ真名が、田部に手を取られて現れると、スタッフが一斉に拍手をする。

「真名ちゃん、綺麗」

「すっごい素敵」

心からの褒め言葉と一緒に真名は田部の手で、ピアノの側に立つ綜馬に渡された。

「今度こそ本当に、真名ちゃんを幸せにしてくれないと困る」

田部の声に涙が滲むのに、真名は思わず俯くが、彼女の手をしっかりと握った綜馬は、怯まずに田部を見返す。

「お約束します。今度こそ真名を幸せにします。心から彼女を愛していますから」

黒いタキシードを着た綜馬は、強い覚悟を隠さない。その様子は花婿というより、誓いを伸べる敬虔な牧師めいている。

真名は綜馬の顔を見上げ、深く頷いてその隣に寄り添った。

「約束します。私も今度こそ綜馬さんを幸せにします。それが私の幸せですから」

田部を見つめて誓う言葉は、その場にいる誰の胸にも真っ直ぐに飛び込み、女性たちは思わず鼻をすすり上げた。


綜馬と巡り会えたあの夜を経て、真名は再び綜馬と生きることを決めた。流されたのでも、誰に背中を押されたのでもない。

本当に自分一人で決め、何の迷いもなかった。

ただ、今度はできるだけ自分でやらなければならない。あのときは何の苦労もしなかったから、簡単に綜馬との暮らしを壊せたのだ。一から積み上げなかった城は、些細なことで崩れる。

その真名の考えに、「次に恋をするときは最初から最後まで一人でやれと、皆月に言われている」と言って、綜馬は全面的に同意した。

皆月がそんなことを言ったことに驚いたが、秘書の領分を超えて彼が被った迷惑を思えば、当然かもしれない。

その皆月の手を借りながらも、真名は住む場所や内装を綜馬と二人で選んだ。通いのハウスキーパーの回数も、ケータリングのことも、真名の主導で決めた。皆月が世話をしてくれていた金魚たちの置き場所も忘れない。

そうやって少しずつ自分たちの生活を描いていくのは、五線譜に一つ一つ音符を繋いでいく作業に似ている。

最初は小さな音だけれど、やがて連なって一つの曲になり、最後はきっと盛大なシンフォニーになるに違いない。何十年かかろうと今度こそ綜馬と、いつか自分たちだけの交響曲を奏でよう。

完璧な状態で残されていたピアノを新居に入れたとき、真名は綜馬の愛情の深さを改めて嚙みしめた。

ただ一つだけ、真名がやるつもりがなかったのは結婚式だった。二度目で、しかも同じ相手と再び縁を結ぶための儀式としては相応しくない。どんなに綜馬と自分の気持ちは新たなものでも、それは違うと思った。

だがそんな真名と綜馬に、復縁の謝罪と報告を受けた田部が厳しい口調でさとしてきた。

『結婚式をしなさい。君たちは結婚を甘く見過ぎて失敗した。もう二度とあとへは引けないのだと、人前で相応の覚悟を見せるべきだ。それが本来の結婚式の意義だ。浮かれるためにやるんじゃないんだよ。それをしない限り、僕は真名ちゃんを再び君に預けることはできない』

絶対に譲らないと言い切った田部に真名は驚いたが、綜馬は真剣な目で考え込んだ。

『おっしゃることはわかります。ですが私の母はこの結婚に反対をしています。母は私の母でありながら、絶大な権力がある上司です。私の勤め先の者を呼んで通常の披露宴を行えば、母の逆鱗に触れて出席した人間が嫌な思いをするでしょう。私は母の反対などで真名を諦めるつもりはさらさらありませんが、私的なことで会社の人間に不利益を与えることはできません』

綜馬の口調には逃れるための方便ではない真実味が溢れていた。

結婚式などしなくても今度こそ大丈夫、そう取りなそうとした真名を遮り、田部が明るい声を上げた。

『なら銀露館でやりなさい。私が手配しよう』

顔を見合わせた綜馬と真名に、田部が請け合うように大きく頷いた。

それから一ヶ月後の今日、銀露館の休業日が真名と綜馬の再出発の日となった。

ささやかだが温かい結婚披露宴の立会人は銀露館のスタッフと田部オーナー夫妻。それからアマデウスとシュトラウスをずっと飼っていてくれた皆月だ。

本当にこぢんまりしたものだが、壁に飾られた花も食事も田部が頭を絞って用意してくれた。

さすがにウェディングドレスを着るのを真名はためらった。二度目だということもあったが、密やかな銀露館に、はではでしいドレスは似合わないというのが大きな理由だ。田部が心を尽くしてくれる儀式は自分の幸せや、身なりを見せつけるところではないと考えて、真名はドレスを着ないでいいと思った。

けれど「花嫁らしく装うのは、集まってくれる人たちへの礼儀だよ」と言った綜馬は、真名の気持ちに添うドレスを選んでくれた。

白いミモレ丈のドレスは、シンプルでも優雅な襞をなすオーガンジーとレースが、再び花嫁になる真名を初々しく見せる。緩く結い上げた髪にはベールではなく真珠のピンを挿す。

手にしたのは、やはり綜馬が贈ってくれた、白い雪のようなコットンフラワーの丸いブーケ。

『とっても可愛いけれど、どうしてこれなの？　百合や薔薇じゃないのって珍しいわ』

全ての準備を整えた真名は、控え室がわりのロッカールームで、ブーケを渡してくれた綜馬に尋ねた。

『……君と再び出会えたイブの夜、空から白い奇跡が降ってきていた。君の名前みたいにね。あの日のマナを集めたら、きっとこんなブーケになると思ったんだ』

夢見るような顔つきでそう言った綜馬は真名の頬にキスして、ロッカールームを出て行った。

綜馬が集めたくれた奇跡を握りしめ、真名は今夜もう一度、綜馬の花嫁になる。

見守ってくれる人たちの温かい視線を受けながら、真名はピアノの前に座った。

結婚行進曲を弾く役を誰かに頼もうという田部に、これだけは自分でやると真名は断った。綜馬のもとへ行くと決めたのは自分だという思いを込め、自分で弾きたかった。

だが真名が鍵盤に指を置いたとき、銀露館の扉が凄まじい音で開く。

「ちょっと、誰よ？」

「貸し切りって札、出し忘れてるとか」

「俺、出しましたよ。明かりがついてると、お客さんが入ってくるとかもしれないと思って、夕方早くに出しましたよ」

スタッフがざわつく中、ずかずかと入ってきた男に、真名は驚いて飛び上がり、綜馬は目を瞠った。

むっとした顔の龍成は腕にとてつもない大きな花籠を抱え、二人のほうへ向かってくる。

あまりの迫力に田部夫妻も言葉がなく、スタッフも二手に分かれた。できあがった道の真ん中を、龍成は花籠を抱えたまま進み、真名と綜馬の前にきた。

皆月だけが隅に立って、何かを心得た顔をしている。

「ちょっと、どういうこと！」

花の香りをまき散らしながら龍成が綜馬に食ってかかる。

「三日前の電話で皆月さんと話したら、今日結婚式って聞いて、めっちゃくちゃ慌てたよ。僕だって忙しいんだから、せめて一週間前に言ってくれないと困るんだけど！」

「来てくれなんて一言も言ってないが」

あっさりと返した綜馬に、また龍成が声を上げる。

「何それ？　あのさ、兄さんはどうでもいいの。僕は真名ちゃんを祝いたいの。こんな可愛い妹ができるっていうのを、お祝いしないなんてあり得ないでしょう」

持っていた花籠を、龍成は綜馬に勢いよく押しつける。

「ちょっと待て、龍成。おまえは外国暮らしが長いから日本語があやふやなのかもしれないが、俺の妻はおまえの姉だ。おまえにできるのは妹ではなく姉だ」

え？　と龍成が今までの勢いが嘘のようにきょとんとした。

「……ほんと？」

花籠を抱えて頷く綜馬を、疑心暗鬼の様相で見た龍成は、くるっと振り返って皆月を視線で捉える。

「皆月さん、ほんと？」

「本当です。真名さんは龍成さんのお兄さんの妻、つまり義理の姉になりますね。戸籍の親等は年齢に関係がありませんので」

うわー、っと半音ずつずれていく、妙に音楽的な絶叫を上げた龍成は、姿勢を戻すときりりと龍成と真名を見据える。

「戸籍なんて僕には関係ないの！　音楽は全てに自由だよ。僕の中では真名ちゃんは可愛い妹だよ。My lovely younger sister in the heartね？　既成概念に囚われていると本質を見失うんだ」

そう言うと真名をぎゅっと抱きしめた龍成は、真名をどかせてピアノの前に陣取った。

「さあ、弾くよ、僕の可愛い妹とどうでもいい兄さんの幸せのために！　僕からの祝いだからね。今夜は一晩中龍成オンステージだよ！」

勢い込んだ龍成を遮るように、綜馬がそっとピアノ横の花台に花籠を置く。

「これもおまえからのプレゼントだろう。ありがとう」

「まさか。僕自身がプレゼントに値するのに、そんな仰々しいセンスのない花なんて持ってくる必要ないでしょ。今からピアノをがんがん叩くから、そんな馬鹿みたいに大きなのがあると手がぶつかるかも。下ろして。邪魔」

本気で顔をしかめる龍成に、真名が慌てて花籠に手を伸ばすのを、横から綜馬が手伝ってくれる。

「誰からですか?」

花籠につけられるカードも名前もない。不思議に思って真名は綜馬に尋ねるが、綜馬も訝しい顔して首を横に振る。

龍成のほうはそんなものに関心はないように、ソフトスーツの上着を脱いでシャツのカフスを外し、弾く気を漲らせた。

「龍成、いったい誰からなんだ?」

「あ?」

演奏を遮られた龍成は、仏頂面で綜馬を見上げ、大げさな息を吐く。

「見ればわかるでしょ。その派手派手しさ、そんなものをプレゼントだと胸を張る人間は一人しかいない」

驚いて花籠を見つめる綜馬の視線を真名も一緒に追いかける。

艶のある白い花籠にこれでもかというように盛り上げられた深紅のダリアと薔薇の豪華

なグラデーション。重なり合った花びらの奥から放たれる薔薇の芳香は、重さを感じるほど濃厚だ。豪華な花々は淡い銀露館の光を集め、真っ赤に燃えあがる炎を思わせた。

「……まさか」

「綜馬さん？」

揺れる綜馬の呟きに、真名は横顔を見た。

じっと花を見つめる綜馬の黒い双眸に、迷いが浮かぶ。

「龍成……まさかとは思うけれど」

真名の顔を素通りして龍成に視線を投げた綜馬の、珍しくあやふやな問いに龍成がしなやかに肩を竦める。

「そのまさかじゃないの。その花、そっくりでしょ？　あの人に」

あの人？　囁いた真名の腰をぐっと引き寄せ、綜馬はまだ困惑を消さない。

「どうして……だろう」

「さあね。僕もわかんない。ただ持って行けって言われただけ。名前もなしでね」

くすっと笑った龍成が、まだ状況を理解できていない真名に向かってウィンクをし、今度こそ鍵盤に指を下ろした。

ぶったたく、と宣言したにもかかわらず、龍成の指の先からは繊細な聖歌が紡ぎ出される。

「……アヴェ・マリア」

真名は呟いた。

華やかな結婚行進曲ではなく、最初にこの曲を真名に送ってくれる龍成の思いに心が震える。

――僕はずっと君の幸せを願っている。いつだって君の助けになりたいと思うよ。

あの約束は嘘ではない。

綜馬との幸せを、この場にいる誰より願ってくれているのは龍成だ。ずっと隠している兄への罪の意識も全て抱えて、龍成は今、真名と綜馬を包み込んでくれている。

「真名」

龍成の奏でる清らかで温かい音に身を委ねる真名に綜馬が低く囁く。

「今度、母に会いに行こう。一緒に来てくれるね」

思いもかけない申し出にふっと綜馬の顔を見上げると、その目は咲き誇る花籠に向けられていた。

――そっくりでしょ？　あの人に。

龍成の言葉がやっと真名の頭の中でぴったりと収まる。

雑誌やテレビでしか見たことがないが、銅ホールディングス社長銅美保子の華やかな出で立ちと堂々とした美貌を思い浮かべた。

結婚祝いの花に綜馬の上司としての肩書きも入れず、かといって母として名前も入れない。それが綜馬を生み、ここまで育てたと自負する銅美保子のぎりぎりの譲歩なのだろうか。

名前のない花籠を見つめる綜馬の口元に、うっすらと笑みが浮かぶ。

まるでずっと捜していたものを見つけたかのような懐かしさに溢れ、眼差しは許しを与えるように柔らかい。

真名は綜馬に身を寄せて、アヴェ・マリアの曲が流れる中で最愛の夫に囁き返す。

「いつでも、連れて行って。会いたいわ。綜馬さんのお母さんに」

「怖い人だぞ」

「大丈夫。綜馬さんが一緒だから――ずっと、永遠に」

その言葉に、綜馬が少年のように鮮やかに笑った。

了

あとがき

こんにちは。鳴海澪と申します。

本作は、二年ほど前に「溺愛コンチェルト」の題名で、パブリッシングリンクさまより電子書籍として配信していただいたものです。今回、紙書籍という形を変えた媒体で蜜夢文庫さまから刊行していただけることを、大変に嬉しく思います。

久々に読み直して、是が非でもこの題材を書きたかった当時の熱意を思い出し、照れくさく、また懐かしい気持ちになりました。ですが、愛おしいばかりだったキャラクターたちを、経た時間の分だけ距離を置いて見ることができるようになった気がします。今回の刊行にあたり、全編を見直し、今の立場で改稿をいたしました。


初稿からご指導くださった担当さま、どうもありがとうございます。感情を叩きつけたような原稿に根気よく手をいれ、完成させてくださったことは忘れません。また、今回の刊行に携わってくださったすべての皆さまに、この場を借りて御礼を申しあげます。

お忙しい中、瑞々しいイラストを描いてくださった、弓槻みあ先生、本当にありがとうございます。弓槻先生にはもう何度も描いていただいておりますが、拝見するたびに、そのリリカルな透明感にうっとりしてしまいます。今回も可愛らしいヒロインの表情に、辛い目に合わせてごめんね……と思わず謝ってしまいました。重ねて御礼いたします。

最後にはなりましたが、この本を手にとってくださった皆さまには、何を置きましても深い感謝を捧げます。

それぞれに少しずつ、自分の気持ちを表す言葉が足りないキャラクターたちの生き方に、じりじりしてしまうかもしれません。けれど、彼らの失敗は、相手の心が自分の手に入ったと慢心したとき、誰にでも起こりうることだと思います。彼らの挫折と成長を温かく見守りながら、少しでも楽しんでいただけることを、心から願っております。

長々とお付き合いくださり、どうもありがとうございました。

鳴海澪　拝

本書は、電子書籍レーベル「らぶドロップス」より発売された電子書籍を元に、加筆・修正したものです。

溺愛コンチェルト
——御曹司は花嫁を束縛する

２０１７年１月３０日　初版第一刷発行

著……………………………………………………………… 鳴海澪
画…………………………………………………………… 弓槻みあ
編集……………………………………… パブリッシングリンク
ブックデザイン…………………………………… 北國ヤヨイ
（ムシカゴグラフィクス）
本文ＤＴＰ…………………………………………………… ＩＤＲ

発行人………………………………………………… 後藤明信
発行…………………………………………… 株式会社竹書房
〒102-0072　東京都千代田区飯田橋２－７－３
電話　03-3264-1576（代表）
03-3234-6208（編集）
http://www.takeshobo.co.jp
印刷・製本………………………………… 中央精版印刷株式会社

■本書掲載の写真、イラスト、記事の無断転載を禁じます。
■落丁・乱丁があった場合は、当社までお問い合わせください
■本書は品質保持のため、予告なく変更や訂正を加える場合があります。
■定価はカバーに表示してあります。
© Mio Narumi 2017
ISBN978-4-8019-0976-2　C0193
Printed in JAPAN